KB203505

——— 날마다,
도서관

날마다, 도서관

도서관에서
보내는 일주일

강원임

싱긋

프롤로그

도서관에서 일주일을

어제 도서관에 갔었고, 지금 도서관에 있으며, 내일도 도서관에 갈 것이다.

나는 전국 도서관을 다니는 도서관 덕후는 아니다. 전 세계 도서관 여행에 대한 로망은 있으나 재력과 체력이 부족하여 아직 무경험자다. 이런 내가 감히 도서관에 관해 글을 쓰는 것은 내 삶에 도서관이 부재했던 순간이 없었기 때문이다.

초등학교 시절 어둑어둑했던 학교 도서관과 동네 손기정공원에 새로 생긴 넓고 밝았던 도서관의 기억이 아직도 또렷하다. 금메달을 목에 걸고 월계관을 쓴 손기정 동상 앞에 떨어진 월계수 잎을 주워 책갈피로 쓰곤 했다. 그 도서관 앞에서 좋아하던 남자애에게 화이트데이 사탕을 받기도 했다. 도서관에 자주 가던 어린 나는 나름 진지한 표정을 짓고 서고 사이를 걸어다녔다. 빌리는 책이라고 해보았자 고작 '빨간 머리 앤' 종류의 책들이었지만 놀거리도 딱히 없던, 근사한 곳에 가기도 쉽지 않았던 그때 그 공간만이 '새로운 냄새'가 풍기는 곳이었다. 도서관은 새 책으로 가득했고 내가 알지 못하는 세상을 알려주겠노라고 늘 그 자리에 있었다.

중학교 때 반마다 있는 학급 동아리 중에 도서반을 자처해 몇 명의 부원을 거느린 부장이 되기도 했다. 하지만 도대체 학급 도서반에서 무엇을 했는지는 도통 기억이 나지 않는다. 학급 미화를 위해 부원들과 게시판을 최대한 예쁘게 꾸미려고 노력했던 기억과 상당히 진중한 표정으로 부원들과 두 줄로 앉아 찍은 사진만 남아 있을 뿐이다.

고등학교 3년 동안의 나의 도서관 이야기는 학원물 로맨스부터 독서 에세이를 방불케 하는 스토리가 펼쳐졌다. 내 인생 드라마 배경으로 도서관이 가장 많이 등장한 시기가 아닐까 싶다. 쾨쾨한 책냄새와 음침한 작은 서고 안, 큰 창문으로 들어오던 햇살과 나풀거리던 칙칙한 아이보리 커튼의 움직임들. 순정만화에 나올 것 같은 키 큰 선배들. 연세 지긋하신 사서 선생님. '독서의 첫사랑'을 느끼게 해주었던 그 작은 공간에서 나는 남몰래 울기도 하고, 몰래 설레기도 하고, 개인 도서관인 것처럼 서고를 탐하기도 했다.

대학에 입학한 후 도서관생활은 그리 낭만적이지도, 재미나지도 않았다. 고등학교 도서관과는 비교도 할 수 없을 만큼 많은 책과 새로운 이야기에 대한 흥분은 성인이 되어 만끽한 즐거움보다는 미약했다. 놀며 술 마시느라, 연애하느라 도서관은 공강시간에 잠깐 마실 가보는 곳이 되었다. 그때 빌려보았던 책 제목들이 다이어리에 적혀 있는데, 허세로 가득찬 독서 목록이다. 역시 기억나는 책이 없다. 읽지 않고 반납했음이 분명하다. 햇빛 속을 거닐어도 안개 속을 걷듯이 흐리멍덩한 시야로 세상을 바라보던 20대 초반 나는 환하고 거대한 학교 도서관이 어색했다. 아직 고등학교의 작고 어두운 서고로 숨어들고 싶었다.

대학 졸업 후 작은 학원의 강사였던 나는 어떻게 하면 조금이라도 이 따분하고 아무 일도 일어나지 않는 일상에서 벗어날 수 있을지 매일 몸부림쳤다. 누군가를 만나야만 했고, 가본 적 없는 곳에 가고 싶었고, 새로운 음식을 맛보고 싶어 쉴새없이 이동했다. 절대 똑같은 날을 보내지 않기 위해 끊임없이 새로운 것을 찾아 헤맸지만 뒤돌아보니 늘 같은 날이었다. 분명 걷는 내내 새로운 풍경이 펼쳐졌던 것 같았는데 돌아와보니 다시 출발점. 내딛는 길에 도서관은 코빼기도 보이지 않았다. 지름길을 찾으려다 미로 속에 갇힌 나날이었다. 나는 매일 빨리 늙고 싶었다. 이런 헛된 열망이 들지 않는 나이를 갖고 싶었다.

얼마 전 『절망의 구』를 읽었다. 동그랗고 거대한 검정 구가 전 세계로 퍼져나가며 사람을 흡수해가는 이야기다. 디스토피아 세계에서 마지막 남은 주인공 남자와 청년은 둘이 맞닿아 있을 때 구가 멈추어 선다는 사실을 알게 된다. 절망을 이기는 길은 서로의 온기였던 것일까? 그들은 서로의 손이나 발을 끈으로 묶고 다니며 대형 마트에서 생활한다. 남자는 구를 없앨 방법을 찾으려고 마트 안 서점에서 물리학과 천문학에 관한 아동 만화부터 읽는다. 차츰 어려운 책들을 읽어나가던 남자는 '지구에 남은 마지막 독서광'이 된다. 인류 멸종인 이 상황에서 책 읽는 일은 아무 가치가 없지 않느냐고 청년이 묻지만 남자는 읽었던 블랙홀의 '사건의 지평선'이라는 개념을 알려주며 마음에 든다고 말한다. 절망 끝에서 독서의 향유를 맛본 사람. 만약 나라면 그 상황에서 무슨 책을 읽었을까? 딱 한 곳에 오랫동안 머물러야 한다면 어디에 있는 것이 좋을까? 먹고 자는 부분만 해결된다면 도서관에서 지내고 싶다. 거기서 평생 지낸다 해도 도서관에 있는 수천, 수만 권의 책을 다 못 읽을 테니 매일 살아갈 동기부여를 받을 것 같다. 읽기 위해 살아간다. 그러다 서고 어딘가에서 '인류 멸종 상태에서 살아남기' 같은 책을 발견할지도 모른다.

세상에서 가장 좋은 도서관은 집에서 가장 가까운 도서관이라고 했던가. 언제나 도서관과 가까이 살고 있다. 서울 끝자락과 경기도 초입에 살아 양쪽 도서관을 모두 이용할 수 있는 혜택을 누리고 있다. 양쪽 지역의 작은 도서관까지 합하면 거의 스무 곳이 훨씬 넘는 도서관을 이용할 수 있다. 빌리지 못하는 책이 없다. 집 앞 지하철역 앞에 반납함까지 놓여 있다. 이런 초초초도(서관)세권에 살고 있는 행복한 세금 납세자다.

친한 동네 친구는 없지만 친근한 동네 도서관은 갑자기 찾아가도 한결같은 모습으로 나를 맞아준다. 월요일, 음식물 쓰레기를 버리러 나간 김에 도서관에 잠깐 들러 책 구경을 하다가 온다. 화요일, 속수무책 흔들리는 마음의 혼란이 극에 달할 때 찾아간다. 수요일, 나만 이리도 외로운 것이 아니라는 위안을 느끼려 걸어간다. 목요일, 글을 쓸 수 있는 용기를 받으러 간다. 금요일, 온 세상 구석구석 돌아다니며 알아내고 싶은 호기심이 발동될 때 찾아간다. 토요일, 돈도 없고, 딱히 약속도 없고, 빈둥대다가 시간 때우러 간다. 일요일, 맨얼굴에 막 주워 입은 옷 입고 책을 빌리러 간다. 나에게 도서관은 먼 곳으로 떠나고 싶을 때마다 가장 빨리 도착할 수 있는 여행지다. 도서관으로 일주일 여행, 떠나볼까?

차례

목요일 아침 도서관

금요일 밤 도서관

토요일 낮 도서관

일요일 낮 도서관

월요일 아침 도서관

적당한 자리 찾기

도돌이표 일상이 시작되는 월요일, 도서관에 간다. 이 세상 여유로움과 사치는 나 혼자 누리는 듯 백수가 가기 가장 근사한 첫 요일의 행선지다. 두 어린이를 오전 8시 50분까지 등원을 시키고 난 뒤 5분 거리에 있는 G 도서관으로 걸어간다. G 도서관을 자주 오는 이유는 휴관일이 가장 적기 때문이다. 대부분 도서관이 일주일에 한 번이나 격주로 평일 하루를 휴관하는 반면 이곳은 한 달에 한 번, 단 하루(일요일) 휴관한다. 휴관일을 잊고 갔다가 셔터가 내려진 도서관 앞에서 허탈한 한숨을 쉴 일이 없어서 좋다. 한 달에 단 하루만 빼고 매일 도서관이 열려 있다니, 그곳이 내 집 앞이라니, 노동자 사서의 입장보다 나만 생각하는 이기적인 이용자로서 최고의 도서관이다.

도서관 앞 작은 카페에서 커피 한 잔 사들고 아직 문이 열리지 않은 도서관 1층 자유열람실 출입구에 도착하니 열댓 명이 줄을 서 있다. 각종 국가시험을 준비하는 청년들, 동네 어르신들(늘 할머니는 없다).

정각 9시, 문이 열리기를 기다리며 줄 서 있는 모습을 처음 보았을 때 살짝 놀랐다. 자리가 저리도 많은데, 줄까지 서서 들어갈 일인가? 좋아하는 브랜드 신상을 기다릴 때나 최애 가수 콘서트 스탠딩 줄을 설 때와 같은 설렘 따위는 전혀 찾아볼 수 없었다. 늘 앉던 자리를 빼앗길 수 없다는 결연한 표정을 지은 채 줄을 서서 들어간다. 매일 한자리에 오랜 시간 앉아 있어야 하는 그들에게는 자리의 항상성을 유지하는 것이 중요해 보인다. 내가 눈치 없이 그의 '지정석'에 앉게 된다면 그는 하루종일 낯선 자리에서 얼마나 불편할까. 내가 언제쯤 일어날지 계속 예의 주시하느라 공부에 집중하기 힘들지 모른다. 그들이 모두 안도하며 자신만의 지정석에 앉을 때까지 기다렸다가 최대한 천천히 암묵적 비지정석에 앉는다.

도서관 자유열람실에서 자리잡을 때 고도의 빠른 판단이 필요하다. 우선 되도록 바로 옆자리에는 앉으면 안 된다. 그의 산발적인 얕은 트림소리, 무의식적으로 내뱉는 혼잣말을 못 들은 척해줄 만한 공간이 필요하다. 노트북을 켜고 작업하는 사람 근처에 앉을 때는 키보드 커버가 있는지 확인하고, 기침을 자주 하거나 휴지를 위에 올려놓은 만성 비염을 앓고 있는 사람 근처는 피하려고 한다. 그렇지 않으면 계속 훌쩍이는 소리를 들어야 한다. 책을 한두 권 읽고 있는 사람이거나(너무 많은 책을 놓은 이용자는 책장을 빨리 넘기며 소리를 과하게 낼 때가 있다) 시험 준비로 책과 노트에 집중하고 있는 사람이 눈에 들어오면 그 근처에 앉는다. 조용히 불타오르는 집중력의 오라(aura)가 나에게도 스미기를 바라는 마음으로.

메뚜기처럼 자리를 옮겨다니지 않으려면 더 자세히 주변을 탐색해야 한다. 한번은 나름 자리를 잘 잡았다 생각하고 앉았는데, 맞은편에 앉은 이용자가 책을 보며 계속 코를 팠다. 명확히 말하면 코 주변을 대여섯 번 매만지다가 한 번씩 콧구멍 초입까지 손가락을 넣었다 빼는 식이었다. 아마도 심한 비염이 있거나 그의 오랜 독서 습관일지도 모르겠다. 한번 눈에 띄자 내 시선이 무의식적으로 자꾸 그에게 향했다. 자리를 다시 옮겨야만 했다. 그때 이후로 맞은편에 누가 앉아 있느냐도 체크할 사항이 되었다. 눈길을 빼앗는 얼굴의 이상형이 맞은편에 앉아 있어도 낭패다. 시선 차단을 위해 재빨리 자리를 옮겨야 한다. 지금 앉은 자리는 재빠른 분별력과 축적된 판단력을 발휘해 선택한 자리다.

그렇다면 나는 근처에 앉아도 괜찮을 이용자인가? 사실 나는 내가 피해다니는 사람들이 하는 모든 행동을 한다. 비염이 심해 훌쩍거리다가 급작스럽게 재채기를 잘 하며(왜 매번 입을 가릴 두 손은 재채기보다 늦는가?) 책을 읽다 다른 책이 생각나 서고를 왔다갔다하며 자리에서 여러 번 일어난다. 허리가 안 좋아 앉아서 수시로 스트레칭을 한다. 집중력은 어찌 그리도 약한지 집중해서 공부하는 이들을 무시로 쳐다본다. 내 주변에 가까이 앉은 사람이 없을 때 순간 모두가 나를 피해 앉은 것만 같다.

도서관에서 자리 찾기처럼 어쩌면 인생은 적당한 자리 찾기 게임일지도 모른다. 타인과의 거리를 수없이 재가며 눈치 보고 분석해서 어느 자리쯤에 머물러야 하는지를 말이다. 나는 지금 이 거리쯤 자리가 만족스럽지만 맞은편 타인은 불편해서 자리를 이탈한다. 그런데 다들 조용히 사라져버린다. 나는 그 이유조차 모르고 앉아 있다. 이번에도 나의 자리 찾기는 실패구나.

얼마 전 아끼고 좋아하던 사람이 그는 전혀 아니라며 갑자기 나를 떠나버렸다. 정확한 이유를 듣지 못했다. 그동안의 시간들은 대체 무엇이었을까? 그를 향해 웃었던 나의 표정을 보며 그가 어떻게 반응했는지 되돌아보느라 골치가 아파왔다. 얼굴을 찡그렸던가? 부담스러워했던가? 불쾌해했던가? 그의 수많은 표정 중에서 무엇을 놓쳤던 것일까?

내 옆에 앉아 있던 사람이 오래지 않아 짐을 싸서 일어나 나가버리자 나는 금세 위축된다. 내 옷 냄새를 맡아보고 아까 나도 모르게 다리를 심하게 떨지는 않았는지 생각해본다. 혹시 제가 불편하게 했다면 미안합니다.

적당한 자리가 정말 있는 것일까? 아무리 적당한 거리를 가늠해서 이리저리 머리를 굴려 움직여도 적당한 관계가 깔끔하게 유지되지 않는다. 이 자리가 나를 위한 적당한 거리였는지, 너를 위한 적당한 거리였는지 혼란스럽다. '적당한 거리'라는 21세기 새로운 관계의 기준을 주관적으로 맞추다 '적당히 외롭고 말겠어'라는 상태가 되었다. 그래서일까? 가끔 침묵한 채 적당한 거리를 두고 둘러앉은 각자의 자리가 섬처럼 외로워 보이기도 하고, 편해 보이기도 하고, 애처로워 보이기도 한다.

상처를 주기도 겁나고 상처를 받기도 겁나서 띄엄띄엄 앉아 있다. 나는 그 작은 공간이 자꾸만 텅 빈 공간처럼 서늘하게 느껴진다. 옆자리에 앉은 이의 배에서 배고픈 꼬르륵 소리가 들리면 챙겨온 에너지바를 조심스럽게 건네고 싶고, 혹시 내가 습관적으로 다리를 떨면 그가 조심스럽게 다리를 가리켜주면 좋겠다. 말없이 떠나버리지 말고요. 제 눈앞에서 보란 듯이 자리 이동하시면 조금 슬픕니다. 어쨌든 제 잘못이 크겠지요. 다시 한번 미안합니다.

“평생 구독하고 싶은 대학 도서관”

불혹을 넘기고 대학원에 들어갔다. 독서로 인생의 많은 부분이 바뀐 나는 결국 독서를 연구까지 하겠다고 다시 학교에 왔다. 막 2학기 차를 넘긴 새내기 대학원생이자 조교다. 더이상 유혹당하지 않고 공부에만 집중할 나이라고 생각하며 왔는데, 아직 헤매고 있다. 마흔을 넘기고 또 학자금 대출 빚을 얻었다. 자꾸만 '빚'나는 인생이 쉽게 끝날 것 같지 않다.

누군가 그랬다. 대학원은 정말 자기 스스로 공부하지 않으면 비싼 문화센터 다니는 꼴이 된다고. 또 누군가는 현장 경험만 있는 나에게 체계적인 이론이 자유롭게 해줄 것이라고 했다. 무엇으로부터의 자유인지는 아직 모르겠다. 아무튼 두 말 사이에서 어물거리며 배우는 사람으로 지내고 있다.

처음으로 학교 도서관에 대출하러 간 날 도서관 중의 도서관은 대학 도서관이라는 생각이 들었다. 대학원생의 대출 권수는 서른 권, 대출 기간은 한 달, 연장은 두 번, 연장 두 번을 다 채우면 3개월 동안 책을 소장할 수 있다. 이 너그러운 대출 조건은 점점 학교 도서관을 자주 이용하게 만들었다. 3개월 대출을 하고도 못 읽는 책이 있을까? 있다. 그래서 『개인적 지식』, 『노마디즘』 같은 벽돌 책은 솔직히 학기 내내 내 책장에 있었다. 연장연장, 재대출, 연장연장, 재대출, 연장연장의 연속이었다. 다행히 아무도 이 책을 예약한 사람이 없었다.

어떤 책은 절판된 책이라 구할 수도 없었으며, 어떤 책은 중고시장에서 다섯 배 이상을 지불해야 했다. 그러니 그런 책을 소장하고 있는 학교 도서관은 정말 천국이었다. 그러다 이런 책을 아무도 빌리지 않는다는 사실에 씁쓸했다. 그런 책이 얼마나 많을까. 그래서일까. 일반 공공도서관 이용률만큼이나 대학 도서관 이용률도 급감하고 있다. 지금 국내 대학 도서관 장서 폐기율도 급증하고 있다. 한때 대학 도서관들이 100만 권 확보 운동을 벌일 때도 있었지만 현재는 책의 공간을 줄이고 있다. 얼마 전 모 대학 도서관에서 책을 대량으로 폐기하려고 할 때 각 전공 교수들이 나서서 귀한 책들을 선별하는 데 힘썼다는 기사를 보았다. 이제는 구할 수 없는 책들을 전멸 위기에서 구하려고 애썼지만 또 몇 년 뒤에도 학생들이 빌려보지 않는다면 그 책들은 또다시 폐기 대상 도서로 분류될 것이다. 그러므로 그 책들을 지켜낼 수 있는 이들은 바로 학생들뿐이다. 학생들을 위해 책이 필요하지만 학생들 때문에 책이 버려진다. 독자를 위해 출판하지만 독자 때문에 책들이 버려진다. 어쩔 수 없는 책의 운명이다.

가끔 대출할 책이 다른 층 보관 서고에 있을 때 도서관 근로학생이 책을 찾아다주어야 하는 수고로움이 있다. 그때마다 괜스레 미안해진다. 그래도 연체료로 가끔 도서관에 기부도 하니 그런 미안한 마음은 잠시 접어두고 나열된 책등의 제목들을 훑어보며 어슬렁어슬렁 거닐며 기다린다.

도서관이 취하는 시간의 배열은 통시적 질서를 벗어난다. 최근 소설과 50년 전 소설이 함께 나란히 꽂혀 있다. 최근의 담론들과 100년 전 담론을 다룬 책이 같은 책장 칸에 놓여 있을 때 시간을 가시적으로 체험한다. 시간의 재구성을 통해 나는 현재의 시간 안에 과거와 미래를 모두 놓고 사고할 수 있게 된다. 책이 모두 과거를 붙들어놓은 텍스트지만 현재와 미래까지 읽힌다는 점에서 독서를 한다는 것은 모든 시제를 품는 행위가 된다. 그렇기에 독서하는 사람은 모든 시제를 한꺼번에 겪음과 동시에 통찰한다. 이런 삶의 통찰은 시간을 읽고 다루는 여유와 마음의 여유를 준다. 그러니 우리는 바쁘지만 읽어야 한다. 어쩌면 여유가 없어서 읽지 못하는 것이 아니라 읽지 않기에 여유가 없는 것이 아닐까.

서고에 내려갔던 근로학생이 책을 갖고 올라와 대출 처리를 해주고 반납 날짜를 말해준다. 감사합니다를 말하고 돌아나오며 고등학교 때 학교 도서관에서 봉사했던 시간들이 잠시 스쳐지나간다. 그때 대출자 때문에 난생처음 보는 책을 접하곤 했다. 세상에 이런 책도 있고, 이런 책을 읽는 사람도 있구나. 무표정이었으나 대출 업무를 처리하는 그 잠시 동안 그 책과 그 책을 읽으려는 사람을 궁금해해보았다. 오랜 시간에 걸쳐 그 책과 연결되었던 사람들이 얼마나 많을까. 책 표지에 쌓인 지문이 얼마나 많을까.

대학원 1년을 마친 겨울 학기 끝에 문자가 왔다.

[중앙도서관] 축하합니다. 2024년 중앙도서관 다독상 행사에서 <다독상 3등>으로 선정되셨습니다. 아래 url에 접속하셔서 개인 정보 입력 부탁드립니다.

생각지도 못한 깜짝 선물이었다. 독서교육 전공자다운 등수는 아니지만 언젠가 버려질 책의 보관 수명을 늘리는 데 미미하게나마 일조했다는 뿌듯함은 있다. 상품은 온라인 문화상품권 5만 원. 그냥 좋아서 읽은 것뿐인데, 이런 뜻밖의 작은 선물로 늦깎이 학생을 응원해주는 것 같았다.

허세 따위는 없을 것 같은 박사 선생님이 졸업논문을 쓰기까지 논문 1000개 정도를 읽었다고 말했을 때 도망가고 싶었다. 논문을 잘 쓰겠다거나 엄청난 연구를 하겠다 따위의 뜻은 두지 않으려 한다. 뜻 바깥에 기쁜 마음으로 공부하기를 두려 한다. 그래도 논문이냐, 에세이냐라는 말을 듣지 않으려면 학문 문식성을 높여 많은 연구 논문을 읽어가야 하는데, 논문 1000개는 애당초 읽지 못할 것이기에 나는 재미나게 논문을 읽고자 한다. 학교 도서관 웹사이트에서 흥미로운 검색어로 논문을 검색해 본다. 세상에 이런 것까지 연구를 한다고? 제목만 보아도 흥미로운 논문들을 읽다보면 이론적 배경에서부터 심도 있는 지식들이 쏟아져나온다.

한 영상에서 어떤 교수님이 말씀하시기를 단행본의 지식 정도가 1이라면 교과서는 10, 논문은 100이라고 했다. 실제로 논문을 읽고 나서야 그 말에 공감했다. 내가 어떤 주제로 논문을 쓸지는 잘 모르겠지만 논문이 가진 지식의 논리 체계, 간학문적 연구와 지식의 통합을 알아가는 것만으로도 흥미롭다. 얼마 전 한강 작가의 책 여러 권을 읽었는데, 오늘은 한강 작가를 검색어로 입력해 본다. 많은 학술지 소논문과 연구 논문이 나온다. 이들은 한강 작가의 위대함을 어떻게 이리 잘 알고 연구했던 것일까. 석사생이 보기에 박사 논문을 쓴 분들은 정말 대단하신 분들이기에 칭송과 감사로 읽어내려간다.

학교를 졸업하고도 학교 도서관을 이용하는 졸업생 선배들이 있다. 이용료는 1년에 5만 원. 처음에는 이해가 안 되었지만 점점 나도 그럴 것 같다는 생각이 든다. 구독료 내어가며 많은 텍스트와 콘텐츠를 즐기는데, 한 달에 몇천 원 정도로 학교 도서관을 이용할 수 있다면 기꺼이 지불하고 싶다. 일단 도서관이 리모델링을 해서 책상과 의자도 정말 편하고 통창문 바깥의 멋진 풍경은 덤으로 즐길 수 있다. 도서관에 지속적으로 예산을 투입하는 학교야말로 학교답지 않은가.

학생 신분이 얼마나 좋은지 사회에 나오면 안다는 말을 절감하고 다시 돌아가니 학생 신분으로 누릴 수 있는 혜택이라는 혜택은 다 누리고 싶다. 새삼 이 나이에 뜻밖에도 대학 도서관에 다닐 수 있어서 기쁘다.

“

다시 받은 커다란 포옹

”

지금 살고 있는 곳으로 이사오기 전에는 집에서 3분 거리의 작은 도서관을 주로 다녔다. 그 작은 도서관의 공기와 분위기, 심지어 냄새까지 익숙해 있었다. 이사온 뒤 G 도서관을 처음 방문한 날 낯설고 쾨쾨한 냄새가 났다. 모든 책을 구입해서 보는 친구가 자신이 도서관에 가지 않는 이유는 바로 이 불쾌한 냄새 때문이라고 했다. 다양한 사람의 체취, 오래된 책과 새 책의 불협한 냄새.

도서관 이용자들은 도서관 공간의 주인이 되어 냄새와 분위기를 함께 만들어간다. 그 자리에 속한 나도 원치 않아도 한몫한다. 처음 맡았던 냄새에 익숙해지고 더이상 낯설게 느껴지지 않는 순간 비로소 그 자리에 함께 있는 모든 이를 편견 없이 보게 된다. 이런 무취 상태가 되면 의심의 눈초리가 사라지고 냄새의 용의자로 보였던 이도 그저 책을 보러 온 평범한 이용자가 된다. 각자가 내뿜는 체취의 합을 다시 균등하게 나누어 가졌다. 후각은 참으로 포용력이 뛰어난 감각이다.

도서관에 갈 때마다 이런 포용력을 자주 느낀다. 더울 때 땀냄새가 밴 채로 들어가 시원한 에어컨 바람 앞에서 잠시 쉬어갈 수 있게 해주고, 찬바람에 추울 때도 어김없이 따뜻한 공간을 내준다. '심신이 지친 자 모두 나에게 오라'는 말처럼 애서가들의 예배당 같은 도서관은 아무것도 요구하지 않고 그 자리를 내준다. 그리스도만큼이나 용서도 잘 베푼다. 연체로 대출 금지 상태일 때 이벤트로 대출 금지를 풀어주는 은혜도 종종 베푼다. 상습 연체자에게 은혜라는 표현은 절대 과하지 않다. 은혜를 이리 베풀어도 또 연체하는 죄를 저지르겠지만 도서관은 그런 그들을 절대 내치지 않는다. 사서들끼리 블랙리스트를 몰래 만드는지는 몰라도 연체자들이 책만 반납해준다면 '너의 모든 죄를 사해주겠노라' 하고 다시 책을 빌려준다. 반복되는 회개와 죄짓는 이용자들을 향해 도서관은 '어제 몰랐던 것 오늘 알았네', '오늘, 도서관 오길 잘했다'와 같은 팻말을 걸고 두 팔 벌린 채 기다리고 있다.

교회보다도 먼저 도서관에서 그런 따뜻함과 관대함을 느꼈던 어릴 적 나는 학교 앞 공원 안에 도서관이 개관했을 때 정말 행복했다. 도서관의 그 수많은 책이 새 책이었다. 모 방송국에서 취재를 나오기도 했는데, 어설프게 책 읽는 포즈를 취하며 카메라 앞에 섰던 기억도 난다. 도서관에서 진행하는 프로그램도 유심히 보고 학교가 끝나면 도서관에 가기를 좋아했다.

그 도서관은 나에게 책을 정말 많이 읽고, 부유하고, 인자한 어느 친척 집 같았다. 교양 있고 우아한 고모할머니 집 같은 곳. 그런 분이 계신다는 것만 알지 만난 적도 없으면서 누군가에게 그런 멋진 분이 나에게도 있다고 자랑하고 싶게 만드는 존재처럼 도서관은 나의 자랑이었다.

엄마 아빠가 책 읽는 모습을 보지 못했다. 3남매를 키운다고 온몸이 부서져라 일하던 부모님이 나에게 알려주는 세계란 아주 비좁았다. '열심히 공부해야 엄마 아빠처럼 고생 안 한다'는 세계. 무섭도록 현실적인 세계와 동떨어진 우주의 세계가 궁금한들 부모님께 물어볼 수 없었다. 그런 나에게 도서관은 다른 세계의 초대장을 내밀어주고, 질문에 답을 주는 책의 집이었다. 도서관의 넓은 품에 포근히 안겨 있고 싶어 친하게 지내고 싶은 친척집처럼 드나들었다.

나는 6학년생 중에서 두번째로 작은 아이였다. 아이들은 나를 보면 우유 먹고 키 크라는 말을 인사 대신 했다. 엄마 아빠는 가게 일로 바쁘셨고 서른 살 전에 아이 셋을 둔 엄마의 고단함과 신경질을 온몸으로 받아내던 작은 나에게 두 동생은 부모님 대신 돌보아야 할 존재였다. 혼자 있을 수 있는 시간이 거의 없었다. 잘 웃지 않았고 신나는 기억이 없던 어린 시절, 슬픔과 우울이 뒤섞인 표정을 지은 채 찍힌 사진 속 내 모습은 지금 보아도 낯설다. 왜 그리도 밝게 웃지 못했을까? 잊고 싶어하는 무의식의 손들이 그 많은 단서를 마구 찢어버렸다. 가끔 두렵다. 수십 년이 흐른 뒤 무의식에서 깨어나 진실을 마주했을 때 나는 그 두려움을 견딜 수 있을까? 어쩌면 굉장한 방어기제 망각 덕분에 지금 내가 웃고 있을지도 모르니 난잡하게 편집된 흐릿한 기억의 결과물을 그냥 받아들이려 한다.

삽화 하나 그려져 있지 않은 두툼한 책을 읽었다고 누구 하나 칭찬해주는 이가 없었다. 그저 스스로 감탄하며 누가 시키지도 않았는데 혼자서 독후감을 쓰던 어린 나는 그 세상에서만 자유로웠다. 혼자서 책을 읽고 글을 쓰던 세계 속에서만 자유롭다 못해 과감할 수도 있었다. 학교 칠판에 낙서하면 벌금을 걷었던 반 규칙에 저항하는 시를 적어냈다가 교무실에서 맞기도 했다. 그래도 엄마 아빠에게 말하지 않았다. 첫째니 뭐든 모범을 보여야 한다는 부담과 이 좁은 골목길을 벗어날 길이 없을 것 같은 막막함이 들면 도서관에 숨어들었다. 책 속의 이야기는 무한히 자유로웠다. 그런 책을 수천 권 갖고 있는 도서관은 내가 꿈꾸는 집, 부모, 선생님, 친구, 여행, 꿈, 미래였다. 절대 현실에서 잡을 수 없지만 한없이 아름다운 뜬구름 같은 이상들이 그곳에 있었다. 도서관에만 가면 희망의 구름이 솜사탕처럼 자꾸만 부풀려졌다. 지식과 지혜의 전령들이 만든 책 벽의 미로 안에서 온종일 헤매고 싶었다. 그렇게 한참을 도서관에 있다가 나오면 커다란 포옹을 받고 나오는 것 같았다.

듬성듬성 적당한 거리를 두고 앉은 자리에서 커피를 홀짝거리며 잠시 멍 때리고 앉아 있어본다. 무슨 책을 빌릴지도 모른 채, 무엇을 하고 싶은지도 모른 채 기다려본다. 목적을 위한 읽기와 글쓰기를 모두 내려놓고 그냥 앉아 기다려본다. 아무 의도 없이 잠시만 자유롭게 떠오른

뜬구름 같은 생각들을 그냥 따라가본다. 흐트러졌던 마음을 다잡고 집중하라는 요일이지만 월요일 도서관에서는 가만히 안겨 있고만 싶다. 실로 오랜만에 다시 느껴보는 포옹이다.

화요일 밤 도서관

“
가장 가깝고 안전한 밤의 피난처
”

아이들과 남편에게 책임과 의무로 지은 저녁밥을 차려주고 반납할 책들을 잔뜩 가방에 넣고 나왔다. 이틀 전 남편과 다툰 이후 마주앉아 밥 먹기가 데면데면해서다. 나는 자꾸만 어디론가 도망가고 싶어진다. 멀리멀리 떠나고 싶은데, 집에 묶여 있는 끈은 이리도 짧아 또 도서관밖에 오지 못했다.

평일 저녁인데도 이용자가 많다. 시간에 따라 새로운 사람이 드나든다. 이 시간에 정기간행물 쪽에 앉아 잡지를 읽고 있는 중년 남자는 어디에 있다가 이곳에 온 것일까? 각종 시험공부를 하는 다양한 연령대의 이용자들 중에 같은 공부를 하는 사람도 있겠지? 지금 자면 밤에 잠이 안 올 텐데 맞은편에 앉은 중년 여자는 엎드려 자고 있다. 다들 뚜렷한 목표로 이 저녁에도 열심히 책을 보고 공부를 하고 있다. 저녁도 안 먹고 싱숭생숭한 마음 달래려 도서관에 온 여자는 나밖에 없는 것 같다.

이틀 전 남편은 도대체 왜 정리를 똑바로 하지 않느냐고 화를 냈다. 읽지도 않는 애들 책이 왜 이리도 많냐, 다 갖다 버려라. 왜 피아노 위에 책을 이렇게 많이 쌓아두느냐며 불평을 해댔다. 나는 정말 정리를 못 하는 것이 아니다. 그의 높은 정리 수준에 도달하지 못하는 것일 뿐. 세 시간 정리하자 피곤해져 일찍 잠이 들어버렸다. 아침에 일어나니 무엇이 정리되었는지 나조차 알 수 없는 지경이다. 이상하다. 분명 정리는 나보다 그가 더 잘하는데, 왜 자꾸 나에게 시키는 것일까?

『태도의 말들』에서 성격은 생존 본능과 연결되어 있다는 글을 보았다. 대체 그는 어떤 생존 위협을 느꼈기에 이리도 정리 수준이 높아질 수밖에 없었을까?(진지하게 물어보니 정리가 안 된 상태를 보면 정말 화가 난다고 했다.) 나는 이렇게 평생 살아와도 생존 위협을 느껴보지 못했다. 나는 이렇게 무질서 속에서도 재미있고 막힘이 없단 말이다. 그 책에는 평생 굳어진 그 성격을 고치라 말하는 것은 무리라고 쓰여 있다. 서로 참 무리하며 산다. 우리 사이에 불화의 바람이 빠져나갈 작은 틈이 필요하다. 책

두께 정도 되는 작은 틈이.

자료 검색대 옆에 신문물이 들어와 있다. 플라이북 스크린(Flybook Screen)이라고 책을 추천해주는 기기다. 터치스크린 첫 화면에 "무슨 책을 읽고 싶나요? 나와 꼭 맞는 책을 만나보세요!"라고 쓰여 있다. '추천받기'를 터치하니 성별에 여자와 남자로 구분되어 있다('성별 선택 안 함'도 있어야 하는 거 아닌가). 여자, 40대를 누르니 다음 화면에 "당신은 연애중인가요? 결혼하셨나요?"라고 묻는다. 선택에 '솔로 / 행복한 연애중 / 깨 볶는 결혼생활중/ 자녀와 함께 행복한 가족'이 있다. 이런 선택지에 내가 누르고 싶은 곳은 없다. 뭐 이런 경우가 다 있나? 그냥 '연애중/ 무자녀 결혼생활중/ 자녀와 함께 결혼생활중'이라고 하면 될 것을! 그래도 어쩌겠나? 자녀가 있다는 팩트로, 불행하다고 말할 수도 없기에 네번째 칸을 터치했다.

"당신은 요즘 어떠신가요?"에 여러 감정 표현과 이모티콘이 나왔다. 슬퍼요 / 이별했어요 / 사랑하고 있어요 / 외로워요 / 불안해요 / 답답해요 / ……. '답답해요'를 눌러야 할지, '외로워요'를 눌러야 할지 고민되었다. 얼마 전 『고통은 나눌 수 있는가』에서 모든 고통의 보편

성은 '외로움'이라고 읽은 것이 떠올라 '외로워요'를 눌렀다. 그다음 "당신의 요즘 관심사를 알려주세요!" 질문 아래 여러 분야가 나왔다. 미술 / 과학 / 경제 / 재테크 / 자아 찾기 / 관계, 소통 / ……. 그래 터치! 관계 소통을 누르니 장르를 고르란다. 마음의 외로움을 무엇으로 위로받을 수 있으리, 무조건 문학이지!

짜잔!

안. 나. 카. 레. 니. 나.

가정을 버리고 도망친 안나 카레니나. 결국 자살한 그녀의 삶을 읽어보란다. 잠시 멍하니 서 있었다. 본다 본다 하면서도 아직 이 책을 읽어보지 않은 것은 또 어찌 알았을까. 40대 기혼 여성이 신점을 보러 갔다가 "요즘 사는 게 좀 그래요"라고 말하는 순간 무당이 "남편이랑 사이가 안 좋구먼!" 하고 두드려 맞히는 기분 같았다. 줄거리를 다시 찾아보았다. 안나의 아들과 나의 아들이 동갑이다. "행복한 가정은 모두 모습이 비슷하고, 불행한 가정은 모두 제각각의 불행을 안고 있다." 그 유명한 문장을 반박하기는 어려우나 내가 그 정도로 불행한가? 안나처럼 다른 남자와 사랑에 빠져 아들까지 버리고 도망갈 정도로 외로운가? 나는 그저 정리 기준이 달라 자그락거리다 온 여자인데…….

"10분 후에 마감하겠습니다."

9시 50분이다. 금세 두 시간이 흘렀다. 집에 어서 들어가란다. 안나처럼 사랑에 빠질 만한 남자를 도서관에서 찾지 못하고 굉장히 두껍고 유명한 책을 추천받은 채 집으로 돌아갔다.

시간이 지나 드디어 책을 읽었다. 『안나 카레니나』를 읽으면서 안나가 아니라 레빈에게 굉장히 공감했다. 톨스토이가 마지막 8부에 굉장한 공을 들였다더니 나도 8부에서 레빈의 깨달음에 감탄하고 말았다. 문제와 고통이 있을 때마다 '이성'으로만 해결하려던 내 모습이 떠올랐다. 분석하고 사유하고 객관적으로 바라보려는 끝없는 애씀. 거기에는 일말의 사랑도 없었다는 사실. 사랑하는 법을 모른 채 가차없이 이성으로만 모든 것을 대하려던 모습 말이다.

레빈에게 이성의 저편은 교회, 종교적 충만함, 믿음에 더 가까웠겠지만 무신론자에 가까운(이상한 말이지만 100퍼센트 무신론자는 아닌 것 같다) 나에게는 사랑이라고 이해되었다. 『인생의 역사』를 쓴 문학평론가 신형철은 무신론자는 신이 없다는 증거를 쥐고 기뻐하는 사람이 아니라 오히려 염려하고 다른 한 인간을 향한 사랑을 발명해낼 책임이 있는 사람이라고 말했다.

관계의 어려움을 파헤칠 때마다 철학과 심리, 온갖 이론과 통계를 보면서 타인을 이해하는 척 굴었던 나는 사랑을 발명할 힘은 없었다. 이성으로 인생의 의미를 찾는다고 심오해진 내 표정에 나조차 질려버린다. 나와 타인을 이성적으로 분석하는 짓을 그만두고 싶었다. 그냥 이해하고, 그냥 사랑할 수는 없는 것인가.

그리 오래 지나지 않아 책 추천 기기는 사라졌다. 역시 책 추천은 함부로 해주는 것이 아닌 것일까. 그래도 남편과 전보다 편하게 잘 지내며 살고 있다. 그 책 덕분이라고 말하기는 어렵지만 전혀 기여하지 않았다고 말할 수도 없다. 1000페이지를 읽는 동안 사사롭지만 쉽게 해결되지 않는 관계의 부정적 감정을 잊는 데 확실히 도움되었고 레빈 덕분에 삶의 중요한 지점을 깨달았다. 고통을 망각하기 위한 독서는 나의 건강한 회피 행동이 되었다. 직면만이 좋은가. 아니다. 안전하게 회피하는 것도 때로는 삶의 지혜다. 회피할 시공간을 잘 찾아 도서관에 책을 보러 온다. 도서관은 혼자 가기에 가장 가깝고 안전한 밤의 피난처다.

“

침잠의 시공간; 보고 있나?

”

어느 날 친구에게 톡이 왔다.

“어제도 인스타그램 릴스를 수십 개 보고, 유튜브를 네 시간이나 보고, 넷플릭스에서 8회 차 드라마를 정주행하다 하루가 다 갔어. 눈이 분명 피로하고 침침하고 그랬는데도 멈출 수가 없었어. 그런데 더 충격적이고 중요한 건 말이지, 어제의 감동은 더이상 없고 기억에 남는 것도 하나 없다는 거야. 더더욱 충격적인 건 그런 날들이 점점 늘어나고 있음을 감지하고 있으면서도 이 짓을 멈추지 못하고 있다는 거지. 언제까지 이런 상태로 하루하루를 보낼 수는 없는데, 어쩌지. 내가 원해서 하는 게 아니라 뭔가에 끌려다닌 것처럼 불쾌해. 너도 그래?”

“친구여, 자네도 도파민 중독이야. 어서 해독해야 해. 도서관에 좀 가보지 그래?”

"뭔 갑자기 도서관이여?"

"이 시대 예상치 못했던 새로운 병명이 추가되었으니 바로 도파민 중독. 도파민 중독 치료제는 검디검은 활자이며, 종류별로 제안되는 치료제는 도서관에 비치되어 있다네. 그러나 많은 사람이 자신의 고통을 자각하지 못한 채 손에서 폰을 놓지 못하고 있지. 자신의 자유로운 선택으로 움직이고 있다고 착각하며 철저한 자본주의와 마케팅의 그물망에서 빠져나오지 못하고 있어. 자본주의는 고요를 좋아하지 않는다고 철학자 한병철님이 말씀하셨지."

"뭐래. 야, 나 기다리던 영상 떴다."

친구는 덕질중인 아이돌의 팬미팅 영상이 떴다며 대화를 중단했다.

앞의 친구는 바로 나다. 답하는 나는 한병철 교수의 책을 읽은 후의 나다.

눈에 너무 많은 것이 채워져 눈에서 구토가 나올 지경이라 잠시 눈을 감는다. 시각의 감각을 중단하고 다른 감각들에 집중한다. 휘황찬란한 움직임과 색을 지워낸다. 집에서도 이 울렁증과 구토 증상이 나아지지 않을 것 같을 때 도서관에 간다. 도서관에 가면 시선을 압도하는 엄청난 책들이 거대한 자연의 일부처럼 평안해 보인다. 그래서일까. 도서관에 가면 나의 성정과 다르게 차분한 분위기에 휩싸여 평소와는 다른 나 자신을 만나고 오는 듯하다. 마음을 깊이 가라앉혀 사유의 시간으로 들어가게 한다. 유달리 도파민에 절어 수많은 영상을 많이 본 밤에는 깊은 잠을 이루지 못했다. 다음날 기억나는 것이라고는 시시하고 영양가 없는 정보와 이미지뿐이다. 무엇을 위해 그렇게 시간을 썼을까. 스마트폰시대 애써가도 도파민 중독으로부터 자유롭기 쉽지 않다. 해독하려고 도서관으로 왔다. 쉽사리 자연의 숲을 찾지 못하니 책의 숲이라도 찾아와야 했다.

가만히 책 한 권을 읽어내려가는 동안 검은 글자들이 흡수하는 듯 내 도파민이 사라진다. 책장을 넘기고, 넘기다보면 헛헛했던 마음은 서서히 사라지고 내 머릿속은 책의 이야기로 점령당한다. 그 순간 이야기 바다에 깊이 잠수한 듯 사방이 고요해지고 자유롭게 헤엄친다. 고도의 집중력, 내쉬는 숨소리조차 잊히고, 펼쳐지는 이야기 안 배경 속으로 시간여행이라도 떠난 듯 유영한다. 허구라는 사실조차 잊게 만들며 새로운 감정을 쓰게 한다. 평상시에는 느껴보지 못했던 애달픔과 속수무책으로 딜레마에 허우적대며 마음을 아리게 한다.

에취!

누군가의 갑작스러운 재채기소리에 화들짝 놀라 상상에서 빠져나와 주변을 둘러보니 너무나 현실적인 인간들이 듬성듬성 앉아 있는 낯설어진 도서관이다. 방금까지 나는 환상적인 공간에 있었는데, 현실로 돌아온 나는 시차를 겪는 것처럼 잠시 어안이 벙벙해진다. 30초마다 바뀐 장면이 아니었다. 한 이야기로 연결된 서사에 흠뻑 빠져 있었다.

레이먼드 카버가 쓴 『대성당』에서 주인공 남편은 자신의 아내 남사친이자 시각장애인 로버트와 하룻밤을 보내게 된다. 늦은 밤 아내는 잠들었고 로버트와 단둘이 거실에서 대성당 다큐 영상을 보고 있었다. 대성당의 모습을 표현해달라는 로버트의 부탁에 남편은 설명해보지만 쉽지 않다. 로버트는 자신의 손을 잡고 그림을 그려달라고 한다. 눈을 감아보라는 로버트의 말에 살포시 눈을 감으며 두 사람은 손을 잡고 그림을 그려나간다. 그러자 남편은 대단한 무언가를 느낀다. 남편의 심상에 떠오른 자신만의 대성당은 화면에 비친 대성당보다 더 멋진 곳이었을 것이다. 시각장애인 로버트의 한마디 "보고 있나?" 보지 못하는 이에게 보는 법을 배운 것이다. 진정 본다는 것은 상상하는 눈으로 보는 것이지 않을까. 그것이 아니라면 보는 것을 깊이 보는 것. 남편은 대성당 공간으로 침잠했다. 침잠의 시공간에 빠져들어 대성당을 구석구석 여러 관점으로 보았을 것이다. 이전에는 보이지 않았던 것들이 세세하게 보이고 느껴졌을 것이다. 그렇게 깊이 자세히 들여다보는 것, 침잠해야지만 볼 수 있다.

이곳 도서관에 앉아 있지만 조용히 눈을 감아본다. 수천 년에 걸친 이야기와 수천만 권의 책 사이에 앉아 있는 미미한 존재인 나를 느낀다. 거대한 자연 앞에서 숙연해지는 연약한 존재성에 스스로 겸손해지는 평온. 그런 나약함을 인정한 뒤에 오는 공손한 체념이 느껴지면 나는 안정된다. 아무도 침범할 수 없는 나만의 신성불가침의 시공간이 된다.

언젠가 죽을 것을 알면서도 영원히 살 것처럼 생활한다. 잊힐 것을 알면서도 영원히 기억할 것처럼 읽는다. 딜레마적 인간의 삶, 그 무엇을 하더라도 우리는 허망해질 수밖에 없는 일들을 계속한다. 언제 도착할지 모를 고도를 기다리며 무의미한 것들의 연속에서 유의미한 것들을 붙잡아 하루, 한순간 감화하며 산다. 내 삶의 의미화에 매몰되어 무엇을 해도 의미가 있음으로 증명하려는 자아도취적 행동과 감정에 취하지 않으려고 거대한 텍스트 무덤으로 간다. 수많은 무덤 앞에서는 죽음을 묵도하며 고요해지는 법. 수많은 이야기 중 하나일 뿐인 나의 삶이고, 수많은 죽음 중에 하나일 뿐이라는 사실을 기꺼이 허무하게 수용한다. 가만하게, 은은하게, 천천히 나를 가라앉힌다. 나를 들뜨게 했던 부수적이고 가벼운 것들은 둥둥 떠오르고 중요한 나만 가라앉는 순간 진정 내가 바라고 원하는 것이 무엇인지 안다. 오늘 누군가를 미워하는 마음이 없었고, 아프지 않았고, 잠시 책을 읽을 수 있었고, 도서관에 다녀올 수 있었다. 이것이야말로 내가 원하는 것이고, 원하는 바를 이루며 살고 있으며, 더 바라는 것이 없고, 이보다 완벽한 하루가 없다. 도서관 안에 들어앉아 침잠하니 결국 안정된 나를 보았다.

“

도시의 등대, 밤의 도서관

”

어쩐지 늦은 밤까지 도서관에서 책을 보는 이는 온갖 세상살이와 동떨어진 먼 곳에 와 있는 사람 같다. 짜릿한 재미를 즐길 수 있는 화려한 밤의 도시가 밖에 있지만 책들로 둘러싸인 성벽 안 고요한 요새에 스스로 들어앉은 이들. 밤의 도서관에 자리잡고 있는 이들의 차분한 눈빛을 가만히 바라본다. 각자 크고 작은 현실적인 욕망을 품고 있겠지만 어쩐지 그 욕망들이 도서관 안에서는 소박한 소망처럼 보인다.

밤의 도서관에서 책에 취한다. 이성과 비이성의 경계가 흐려져 관대한 마음으로 책을 읽는다. 한낮 또렷한 시선의 날카로움이 노곤한 밤에는 흐릿한 시선으로 너그러워진다. 저자의 글들이 한껏 멋스럽고 이해가 잘 된다. 깜깜한 밤 따뜻한 조명 아래 책을 읽고 있는 나 자신에게도 취한다. 독서가의 나르시시즘이 밤의 도서관에서 절정에 이른다. 나는 사색가이고, 독서가이며, 지성인이로소이다. 여기 그런 마음으로 도취된 알베르토 망구엘은 밤의 도서관에 앉아 책을 읽을 때 이런 생각을 한다. 마지막 숨을 거둘 때 도서관이 자신과 함께 무너져 죽은 후에도 책과 함께 있는 자신을 상상한다고. 망구엘님의 이 고백이 조금 느끼하게 느껴졌지만 책에서만 할 수 있는 멋스러운 말이기도 하다. 뭐 나도 그런 말을 종종 글자를 빌려 하니까 이해한다.

그래서 얼마 전 나도 도서관과 연결된 멋있는 죽음을 떠올려보려는데, 열 살 난 아들이 말했다. "엄마가 죽으면 내가 책으로 고인돌 만들어줄게." 학교 중간놀이 시간에 『설민석의 한국사 대모험—선사시대 편』에서 고인돌에 대해 읽었단다. 내 무덤 주변으로 책이 쌓여 있는 상상을 하니 끔찍하다. 아들의 마음은 고맙지만 그런 일은 절대 일어나서는 안 된다고 말해주었다. 망구엘 님도, 아들의 생각도 모두 싫다. 그저 노화가 가장 느린 신체기관이 눈이어서 도서관에서 오래 책을 빌려볼 만큼 눈이 좋고, 늘 책이 든 에코백을 들고 다니는 할머니로 지내다 도서관에 연체된 책이 없을 때 죽고 싶다. 항상 마지막이 중요한 법. 빌려다 쓴 인생, 빌려다 쓴 돈, 빌려다 본 책, 마지막에는 모두 깔끔하게 정리되어 있기를 바란다.

늦은 밤 10시. 도서관의 시간도 끝났다. 수많은 글자를 집어넣고 묵직해진 머리를 힘겹게 들어올리고 책과 필기도구를 가방에 넣고 이용자들은 밤의 도서관을 떠난다. 몇몇 얼굴은 낯익다. 지하 1층 도서관 매점에서 컵라면을 먹던 그는 무채색 얼굴을 하고서 내일도 두툼한 수험생 문제집을 펼치고 같은 자리에 앉겠지. 도서관 마감시간에 일어나는 이들 대부분이 세상이 정한 기준의 시험을 준비한다. 매일 고단한 항상성을 견뎌야 하는 그들에게 대가 없는 도서관이라는 공간은 분명 절대 필요한 곳이다.

온라인 도서관 민원 게시판에 글이 하나 올라왔다. 왜 도서관이 고시원이 된 거냐고. 신간 도서에 왜 공무원 수험생들 책이 있냐고. 이 고독하고도 외롭고 어지러운 도시에서 절대적 환대와 안전함을 제공하는 공간은 도서관이 유일하다고 생각한다. 그러나 어떤 이들은 도서관이 수험생의 공간은 될 수 없다고 말한다. 모두를 품는 환대의 공간으로 도서관을 꼽는 나는 이런 글들을 볼 때마다 씁쓸하다.

사회가 시민들에게 베푸는 환대의 공간으로 도서관이 존재한다. 내가 평생 내는 세금과 비교해보았을 때 도서관에 빚진 느낌을 받는 나 같은 사람도 있겠지만 단 한 번도 이 공간을 이용하지 못한 이들도 있을 것이다. 손에 붙어 있다시피 스마트폰을 쥐고 있어 책을 가까이하기 힘든 지금, 독서율 감소와 더불어 점점 도서관 이용률도 줄어들고 있다. 그렇다고 이용률 감소에 따른 도서관 통폐합과 공간 기능의 변화만이 답일까?

작은 도서관은 오랜 시간 여러 운영 관련 문제점이 있었지만 풀뿌리 독서문화를 가장 영향력 있게 펼칠 수 있는 공공기관이다. 갓난아이를 데리고도 편하게 방문할 수 있는 애서가들의 사랑방 같은 곳이다. 내 주변에는 작은 도서관을 다니면서 우울증이 나았다는 분도 있다. 그분은 결국 사서 2급 자격증을 취득한 뒤 지금 도서관 사서로 일하고 계신다. 나 또한 집 앞 작은 도서관 덕분에 마음껏 책을 빌려 읽고 독서모임을 꾸리다 이렇게 책도 쓰게 되었고 도서관 운영위원회 위원으로도 활동했다. 규모와 시설이 좋은 도서관이 있어도 내 집과 가장 가까운 곳이 최고의 도서관이다.

'한 아이를 키우는 데 온 마을이 필요하다'는데, 힘

을 잃어가는 마을 공동체에 도서관의 역할마저 약화될까 우려스럽다. 공공기관으로 도서관을 지을지, 체육센터를 지을지 투표하면 체육센터로 결정이 나고 인구 많은 서울에 있는 작은 도서관이 폐관하는 일이 벌어진다. 늘 예산이 부족하다며 사서들은 작가와 강사에게 미안하다고 말한다.

매년 수천 권의 책이 대출 한 번 되지 않아 폐기 처분된다. 칼 세이건은 "우리가 키워온 문명이 앞으로 얼마나 오랫동안 건강하게 성장할 것이냐는 우리 각자가 얼마나 충실하게 공공도서관을 지원하느냐에 좌우될 것이다"라고 말했다. 하루 이용자 수를 체크하고 강의 등록자 출석률을 고민하는 도서관 담당자들은 한 명이라도 더 도서관에 와주길 짝사랑하는 이처럼 기다린다. 도서관은 늘 사람을 그리워하고 있는 것 같다.

작은 사랑방 같은 단골집, 작은 도서관만이 갖는 친근한 공간을 없애려고 하는 결정에 우리가 슬픈 이유는 도서관이 사라지면 결국 그 공간에 함께했던 사람들까지 소멸시키는 것이기 때문이다. 미국의 작가이자 비평가인 프랜 리보위츠가 말했다. "책을 버릴 수가 없어요. 사람을 버리는 것 같거든요." 책도 그러한데 책과 사람을 품은 도서관이 버려지는 것은 더욱 마음이 아프다.

도서관 공간뿐 아니라 도서관 시간의 소멸도 두렵다. 밤 시간(8~10시)까지 도서관에 찾아오는 이가 없다면 밤 도서관은 사라질 것이다. 공간은 사람이 채워져야 존재할 수 있다. 나는 밤의 도서관이 사라지지 않기를 바란다. 사람들이 매일 밤의 도서관을 채워주기를 바란다. 그래서 가장 무해한 방식으로 고독한 세상의 고단함과 절망을 책으로 달래는 이들이 밤에 찾아갈 수 있는 공간, 밤의 도서관이 계속 존재하기를 바란다.

도서관이 밤 10시까지 열려 있다는 사실이 새삼 고맙고 놀랍다.

사람들과의 만남을 끝내고 집으로 가는 길, 너무 많은 말을 쏟아낸 뒤에 오는 헛헛함과 후회스러운 말의 가벼움을 달래려 잠깐 들른 밤의 도서관. 나의 하루 마지막 종착지인 도서관에서 언어의 무거움을 품은 책들을 가만히 들추며 마음을 가라앉혀본다.

늦은 밤의 도서관이 도시의 등대처럼 환하게 빛을 밝히고 있어주어서 고마운 날이다. 깜깜한 밤하늘 한번 올려다보고 하루를 마무리하는 시간에도 반짝이는 책의 유성들을 만나러 가는 사람이라면 진정 도서관이라는 공간을 사랑하는 사람일 것이다. 그런 사람들이 사라지지 않고 밤의 도서관에 머물 수 있는 시공간이 계속되기를 꿈꾼다.

수요일 낮 도서관

“

책 읽는 얌전한 고양이의 도서관 로맨스

”

시험 기간에 도서관에 가면 잘 보이지 않던 교복 입은 중고등학생들이 눈에 띈다. 지금은 스터디 카페에 다니는 시대이니 도서관에 오는 학생들이 예전만큼 많지는 않은 것 같다. 교복과 명찰로 어느 학교 누구라는 것이 만천하에 드러나던 때 도서관은 쪽지와 음료수로 고백을 주고받았다는 소문이 도는 곳이었다. 도서관의 낭만이 여기 있다. 책 읽는 얌전한 고양이들이 도서관이라는 부뚜막에 올라가 사랑의 시그널을 보내는 곳. 그래서일까. 사람들이 잘 찾지 않는 철학이나 자연과학류 서가 쪽에 서서 적막을 깨는 소리가 나지 않게 조심하며 나누는 스릴 넘치는 키스 장면이나 서가를 오가며 책과 책 사이로 눈이 마주치는 장면이 아직도 로맨스의 클리셰로 쓰인다.

내가 꿈꾸는 도서관 로맨스 클리셰는 이렇다. 도서

관 카페 안에서 잘생긴 남주가 내가 읽고 있는 것과 같은 책을 내밀며 말을 걸어오는 장면이다. "저랑 같은 책을 읽고 있어서 궁금했어요."

그 책은 베스트셀러도 아니고 은근히 독서광 사이에서나 힙한 책이다. 여주인 나는 매우 놀라지만 호들갑은 떨지 않은 채 그를 지그시 바라보다 말한다. "이 책 재밌죠?" 그는 코에 걸린 안경을 살짝 밀어올리며 답한다. "네. 흡입력이 장난 아니네요." 자연스럽게 막힘없이 이어지는 대화.

이디스 워튼의 『여름』도 여주와 남주가 도서관에서 만나는 장면부터 시작한다. 작은 시골 도서관 사서로 일하며 모든 것이 지긋지긋하다고 말하는 여주 채리티 앞에 도서관 문을 열고 들어온 세련된 건축가 루시어스 하니. 채리티는 도서관에서 짧았던 하니와의 첫 만남 이후 혼자서 그와의 결혼까지 상상해본다. 누군가를 어디서 보았는가는 매우 중요하다. 그곳이 도서관이라면 운명적인 사랑이라고 믿어 의심치 않는 나로서는 첫 만남부터 결혼을 꿈꾸는 채리티에게 공감할 수밖에 없었다.

처음으로 짝사랑했던 초등학교 5학년 그 친구에게 화이트데이 때 사탕을 건네받은 곳이 도서관 앞이었고 매우 좋아했던 이와 자주 갔던 곳도 도서관이었다. 우연히 어떤 남자 선배를 세 번 마주쳤는데, 마지막으로 마주친 곳도 도서관이었다. 도서관 계단에서 영화의 한 장면처럼 마주쳤기에 그때는 정말 세렌디피티 영화처럼 운명 같은 사람일까 하고 고민에 빠지기도 했다.

이성적으로 판단하자면 자주 가는 도서관이었기에 높은 확률로 이런 일들이 일어났을 테지만 내 삶에 도서관이 운명적인 장소인 것만은 분명하다고 느낀다. 도서관은 여전히 나에게 가장 로맨틱한 로맨스가 벌어지는 장소이기도 하다.

내 앞에 마주앉은 교복 입은 남녀 학생이 서로 이어폰을 한쪽씩 나누어 끼고서 필담을 주고받으며 킥킥대고 있다. 이런 우리를 마음껏 보란 듯이 행동하는 눈치 없는 그들 모습이 사랑스럽다. 시간이 많이 흐른 뒤 저 두 사람 중 누가 지금 이 순간을 기억할까. 나와 도서관에서 만났던 남자들은 나처럼 도서관에 있던 내 모습을 기억하고 있을까. 기억은 하더라도 설마 이 글을 읽고 나에게 연락하는 따위의 행동은 하지 않기를 바랄 뿐.

“

도서관 만찢남

”

고1 봄이었다. 학기 초 여러 동아리 부원들이 쉬는 시간에 신입생 1학년 반을 돌며 동아리 홍보를 했다. 연극부, 합창부, 풍물 사물놀이부, 미술부 등 동아리 선배들이 종이 피켓을 들고 들어와 오디션 안내를 했다. 선배들이 교탁 앞에 서서 자신 있게 자신의 동아리를 소개할 때마다 얼마나 멋있어 보였던지 마음 같아서는 모든 동아리 오디션을 보고 싶었다.

그후로 한 편의 청소년 드라마에 나올 법한 일들이 많이 일어났다. 여중을 졸업한 나에게 이 공간은 놀라움의 연속이었다. 남녀 합반이었던 우리 학교는 공부보다는 연애로 스트레스를 받았고 모든 대화의 메인 주제는 어느 동아리 선배가 멋있더라, 누가 누구랑 사귀더라였다.

어느 날 도서부 선배들이 우리 반에 들어왔다. 엎드려 있다가 일어나 힐끔 보니 교탁 앞, 전혀 도서부 같지 않은, 너드 느낌이라고는 전혀 찾아볼 수 없는 키 큰 남자 선배들과 얼굴이 정말 하얀 여자 선배들이 서 있었다. 책벌레 같은 느낌이 드는 사람이 한 명도 없었다. 고등학교 도서부는 학교 도서관 봉사를 해야 했다. 봉사 점수를 받을 수 있을뿐더러 마음껏 책을 볼 수도 있다고 했다.

어느 정도 도서부에 들어가리라 마음은 먹고 있었지만 반드시 가야겠다는 강한 동기가 생겼다. 내 예상과 달리 도서부에는 여자 선배보다 남자 선배가 더 많았다. 남자 선배들이 독서보다는 농구, 축구 등과 같은 스포츠를 즐길 것 같았는데, 점심시간과 방과 후에 학교 도서관에 앉아 봉사를 한다니. 이 반전 매력이 나를 끌어당겼다. 내 인생 첫 오디션이었던 도서부 동아리 면접에 갔다. 나름 체계적이고 구색을 갖춘 오디션이었다. 중학교 때 학급 도서반 부장으로 활동한 점을 한껏 부풀려가며 어필한 것이 먹혔는지 무난히 합격했다.

점심시간 도서관 봉사를 위해 맨 꼭대기 층 도서관에 올라갈 때마다 기분이 좋았다. 무언가 도움이 되는 실질적인 행동을 하고 있다는 뿌듯함이었다. 밥도 안 먹고 바로 책을 빌리러 오는 인간들이 있었다. 그런 애서가들을 탐색하기 좋아했다. 그들이 빌려가는 책을 보고, 슬쩍 얼굴 한 번 다시 보고, 대출카드에 적힌 이름과 학년을 들여다본다. 짓궂게 생겨 빠르고 가벼운 말투를 쓰는 남자애가 대출하려고 가져온 두꺼운 『람세스』, 파트리크 쥐스킨트의 『콘트라베이스』. 나는 아마 그때부터 인간의 겉모습만 보고 판단하면 안 됨을, 그가 읽는 책이 입는 옷만큼이나 사람의 이미지를 얼마나 달라 보이게 하는지 알게 되었다. 그래서일까. 도서부 학생이라 대출 권수가 두 배 많았던 나는 빌린 책을 뽐내며 손에 잘 들고 다녔던 것 같다. 키 작고 아이 같은 내 겉모습에 또래 친구들이 귀엽다며 내 볼을 꼬집을 때마다 은근한 권력감에 불쾌해졌던 순간들을 이 책들이 보완해주기를 바라면서.

방과 후에는 거의 매일 서고에 올라갔다. 늘 냉전중인 엄마 아빠, 대화 상대가 안 되는 어린 동생들이 있는 집 대신 갈 곳이 있다는 것이 좋았다. 새 책이 들어오는 날은 모두 모여 사서 선생님과 책 정리를 했다. 청구 기호를 쓰고 대출·반납 절차에 필요한 일들을 모두 수작업으로 했다. 그때는 컴퓨터 자동화 시스템이 되어 있지 않아 손으로 대출·반납 기록을 일일이 직접 적었고 책 뒤편에 대출 카드를 붙였다. 이 책을 빌려간 사람이 누군지 다 알 수 있었다. 좋아하는 선배가 무슨 책을 읽었을까 궁금해서 그 선배가 읽었을 것만 같은 책들을 수없이 들추어보며 확인해보기도 했다.

내가 빌리고 싶은 책의 대출 카드에 적힌 대출자 이름을 확인하다가 아는 친구 이름이 나오면 엄청 신기하고 반가웠다. 이제는 대출 이력이 개인 정보라서 알 수 없게 되었지만 분명 가슴 설레는 로맨스 유발 정보였다. 지금도 그때처럼 이런 정보를 알 수 있다면 학생들이 더 자주 도서관에 와서 책을 보지 않을까.

내가 무슨 책을 읽을까 하고 그렇게나 궁금해했던 선배는 나보다 겨우 한 살 많으면서도 선후배라는 엄격한 잣대로 거리를 두었다. 나보다 25센티미터 이상 큰 선배는 너무나 커 보였고 감히 가볍게 다가설 수 없는 존재였다. 그런 선배와 어쩌다 서고에 단둘만 남게 되었다. 새로 나온 머라이어 케리 시디를 듣고 있던 선배는 "한 번 들어볼래?" 하며 이어폰 한쪽을 나에게 건넸다. 불을 켜도 어두침침한 서고 한쪽 벽에 기대서서 우리는 잠깐 음악을 들었다.

그 선배의 얼굴을 슬쩍 올려다보는 것조차 온몸이 떨렸다. 짝사랑은 그렇게 작은 서고에서 시작되었다. 매일 선배의 동선을 눈으로 좇았다. 좋아하는 책들도 눈에 들어오지 않았고 오직 그 선배의 표정만이 글이 되어 잘 읽혔다. 오늘은 조금 우울하구나. 오늘은 한결 밝아졌네. 오늘은 말을 한번 걸어볼까.

학교 축제 때 도서부도 준비할 것이 많았다. 여러 책을 소개하는 포스터와 글을 써야 했고 참여자들의 흥미를 유발하기 위해 게임 형식의 이벤트도 준비해야 했다. 축제 날 가장 예쁜 옷을 입고 우연히 재미도 없는 도서부관에 들어온 학생들을 붙잡고 이런저런 설명을 했다. 틈틈이 사진을 찍었는데, 책상에 앉아 무언가를 만들고 있던 선배의 옆모습을 몰래 찍었다.

그 사진이 사진첩에 아직도 있는 것을 얼마 전에 발견했는데, 그 선배를 수줍게 좋아했던 감정들이 기억났다. 높은 콧대에 걸려 있는 안경을 밀어올릴 때마다 살짝 인상을 찌푸리던 표정, 노래방에서 노래를 부르며 마이크를 잡고 있던 기다란 손가락, 긴 다리로 천천히 걷던 모습, 나지막한 저음에 느긋한 말투, 모범생 얼굴로 소주잔을 기울이던 장면까지.

대학을 졸업하고 몇 년이 흐른 뒤 나 혼자만의 옛 짝사랑이라고 믿었던 선배와 다시 만나게 되었다. 이제 우리는 교복 입은 선후배이기보다는 한 살 차이 나는 성인 남자, 여자였다. 그가 드디어 나에게 좋아한다는 고백을 했던 밤 고등학교 도서관 작은 서고에서 그를 바라보았던 나의 표정을 그의 얼굴에서 보았다.

“도서관 선비남”

어릴 적 꿈들의 공통점은 ‘탐험’이었다. 인간의 내면을 탐험해보고 싶어서 심리상담사가 되고 싶었고 세상을 탐험하고 싶어서 고고학자 또는 여행자가 되고 싶었다. 예술을 탐험하고 싶어서 미학을 배우거나 그림을 그리고 싶기도 했다. 하고 싶은 것이 많아서 결국 어떤 것도 이루지 못하는 사람으로 매번 무언가를 탐험만 하고 있다. 매일 새로운 것을 시도하는 그 순간 가장 집중도가 높고, 결과와 성과에 다다를 때쯤 또 새로운 것에 눈이 돌아가는 사람인 것이다. 그래서 책에 빠져들었다. 끝없이 새로운 이야기들에는 잘 질리지 않으니까.

미지의 아프리카로 떠날 계획중이던 때 다소 지루한 남자와 소개팅이 잡혔다. 소개팅을 주선한 친구가 그는 선비 같은 남자라고 했다. 나는 금요일 밤 자유의 거리

홍대에서 보자고 했다. "홍대 앞 마포평생학습관에 있을 테니 도착하시면 연락주세요"라고 문자를 보내고 토플 공부를 하고 있었다. 선비님 말을 타고 오셨나? 약속 시간보다 한 시간 반이 지나서야 도착하셨다. 역시 도서관은 늦을 누군가를 기다리기 참 좋은 장소다. 나는 화가 전혀 나지 않았다. 진심으로.

도착했다는 문자를 받고 주차장으로 내려갔다. 홍대에서 좀처럼 보기 힘든 올 블랙 슈트를 입은 선비 한 분이 점잖게 걸어나오셨다. 청바지와 캐주얼 브라운 재킷에 책이 가득한 보부상 가방을 멘 나는 뒷걸음쳐서 도망가고 싶었다.

"늦어서 죄송합니다."

"아뇨. 덕분에 책을 오래 봤어요."

"도서관에 자주 오시나봐요?"

"도서관에 자주 안 가시나봐요?"

"네…… 오늘 도서관에 정말 오랜만에 와봐요."

"그래 봤자, 그냥 주차장이죠. 도서관이라기보다는……."

순간 블랙 슈트 입은 선비님과 도서관에 들어가 소개팅을 하는 편이 좋을지, 재빨리 어딘가 들어가 앉아 있는 편이 좋을지 고민되었다. 저 슈트를 벗게 하려면 어디를 가야 하나. 영화를 보러 가자는 말에 당구장이나 가자고 했다. 고등학교 시절 교복 입고 당구장 다니던 실력을 좀 부리다 내기에서 선비님을 이겨버렸다.

"다음 주 주말에는 뭐 해요?"

"도서관에 가요."

"제가 거기로 갈게요."

아프리카로 떠나고 싶어하고, 당구를 잘 치고, 도서관에 가는 이상한 여자와 데이트하고 싶어하는 그는 다음번 약속에도 어김없이 선비 같은 차림새로 도서관 주차장에 서 있었다. 나의 끝없는 탐험에 동행해주지는 못하겠지만 어디든 가고 싶다면 데려다줄 수는 있다는 듯이 아주 점잖게 담배를 태우며 나를 기다렸다.

“
도서관 헌팅남
”

칸막이 있는 열람실을 좋아하지 않는다. 시야가 좁아져 집중력을 높이는 책상이지만 조용한 관종이어서인지, 아니면 오히려 집중하고 있는 타인을 보며 에너지를 받는 인간이어서인지 널따란 책상에 여럿이 앉아 있는 열람실을 선호한다. 책이나 공부가 지겨워질 때쯤 맞은편에 앉은 이용자를 슬쩍슬쩍 훔쳐보며 어떤 사람일지 상상해보는 것도 좋아한다. 그러다 잘생기거나 예쁜 사람을 보면 금세 남주, 여주 캐릭터로 짧은 단막극 스토리의 한 장면을 그려보기도 한다. 당연히 도서관에서 만난 이야기로 시작한다. 그런데 어느 날 상상 속 드라마가 아니라 실제로 그런 일이 일어났다.

모 도서관에서 열 명 정도 앉을 수 있는 커다란 원목 책상에 앉아 있을 때였다. 다리를 반대쪽으로 꼬려고 한

순간 마주앉은 사람 다리를 살짝 쳤다. 그런 실수를 나도 전에 당해보았고 흔한 일이었기에 크게 사죄할 행동은 아닌지라 앞사람 얼굴도 제대로 보지 않고 그저 가볍게 고개를 숙였다.

잠시 뒤 똑똑 소리가 났다. 맞은편 사람이 책상 위를 두드렸다. 고개를 들기 전 그 찰나 아까 대충했던 사과가 잘 먹히지 않았음을 알아챘다. 고개를 드니 맞은편 남자가 나를 정면으로 쳐다보며 밖으로 나오라는 손짓을 했다. 표정을 살펴보니 나에게 할말이 다분히 많아 보였다. 큰일났다. 무조건 나가서 저자세로 서글서글하게 "아깐 정말 죄송했습니다"라고 말하고 자판기 음료수라도 하나 뽑아드려야겠지. 나 때문에 집중이 깨졌을 거야. 열람실 문을 열고 복도로 따라나갔다. 마주하고 서보니 그 남자는 살짝 상기된 표정을 지으며 말했다.

"아까, 계속 봤는데요."

"죄송해요. 제가 다리 쳤죠!"

"아~ 네…… 그런데 그 전부터 계속 봤는데……."

"네?"

점점 표정이 밝아지며 살짝 미소를 짓더니 뱉은 한마디.

"혹시 혼자 오셨어요?"

클럽에서 나올 법한 말이건만 신성한 도서관에서도 통용되었다.

"네……?"

"그쪽이 마음에 들어서…… 잠깐 얘기하고 싶어서 불렀어요."

한 번도 헌팅 같은 일을 당해본 적 없는 지극히 평범한 나의 얼굴이 도서관에서 어떻게 빛을 발한 것인가? 당황한 여주가 된 나는 그의 용모를 머리부터 발끝까지 빠르게 훑으며 간략한 그의 자기소개를 들어주며 서 있었다. 적당한 키와 준수한 얼굴, 단단한 저음에 예의바른 말투, 용모 단정해 보이는 스타일.

지금 회계사 공부중이라는 그는 버벅거리지도 않고 유창하게 자신이 이상한 사람이 아니라는 것을 진심으로 전달하려고 애쓰고 있었다. 나는 그의 그런 수줍은 용기가 귀여웠다. 그리고 무엇보다 도서관에서 만난 사람이니 어느 곳보다 운명적 요소가 보너스처럼 붙어 그에 대한 호감이 더해졌다. 우리는 자판기에서 캔커피를 하나씩 뽑아 도서관 야외 옥상정원으로 올라갔다. 따뜻한 가을 햇살과 기분 좋은 바람결이 꽃들을 흔들고 있었다.

지금 같이 살고 있는 남자는 도서관 남 중 한 명이다. 누구일지는 독자에게 열린 결말로 남기겠다. 쓰고 있는 나만 재미있어서 미안하다. 도서관 로맨스답게 가장 로맨틱한 장면만 남기고 싶은 마음을 이해 바란다.

도서관 로맨스의 실체를 알려주자면 현 남편은 이제 나와 같이 도서관에 가지 않는다. 연애할 때는 책도 잘 읽더니만 이제는 책도 그리 즐기지 않는다. 침대에 누워 〈나는 솔로〉를 보고 있다. 하지만 그는 여전히 내가 도서관을 사랑하고 그곳에서 마음의 위안을 얻는다는 것을 잘 안다. 늦은 저녁 도서관에 간다 해도 빨리 다녀오라는 재촉하는 말 한마디 하지 않는다. 그가 나를 사랑하는 방식이 '허용'과 '자유'임을 안다. 끝없는 나의 탐험 욕구를 허용해주고 자유롭게 배회하도록 내버려둔다. 때로는 그가 참 도서관스럽다고 생각한다.

덧붙임.

도서관 로맨스에 영감을 준 동영상이 하나 있다. 강북구립도서관의 '도서관 로맨스 실체' 동영상이다. 이리도 열정적인 사서들이라니, 박수를 보낸다.

목요일 아침 도서관

"

도서관 운영위원회에 참석하는 날입니다

"

몇 년 동안 도서관 운영위원회 위원으로 활동하며 정기적으로 회의에 참석했다. 도서관 행사부터 재정 관련 사항까지 여러 안건을 함께 공유하고 의견을 나누었다. 회의에 참석할 때마다 각종 민원 사례를 듣게 되는데, 쉽게 판단해서 결정을 내릴 수 없는 난해한 사안들이 많다. 도서관에서 너무 조용하기를 요구하니 아이를 데리고 갈 수 없다 하고, 도서관 음악회를 열면 도서관이 시끄럽다고 민원이 들어온다. 왜 도서관에 범죄 경력이 있는 특정 종교인이 쓴 책이 있냐고 항의해 책을 빼면 왜 도서관은 그런 책을 금지해서 정보의 자유를 침해하느냐고 한다. 어느 장단에 맞춰야 할지 늘 고민이다. 민원을 넣은 소수의 강한 목소리에만 좌지우지될 수도 없는 일. 공공성과 정치적 중립을 유지해야 하는 기관으로 난해한 사안들을 결정하는 일도 위원회에서 이루어진다.

한번은 한 소설가 책에 대한 안건이 올라왔다. 그 소설가는 주변 지인의 상세 정보와 삶을 허락 없이 작품에 썼다고 소송중이었다. 이 사건으로 고통받는 사람이 있었고 재판 결과는 아직 나오지 않은 상태였다. 이 작품이 도서관에서 비치, 대출되는 것에 대한 민원이 몇 건 들어왔다. 이번 민원 안건도 결국 도서관 운영위원회에서 결정해야 한다고 한다. 각 위원들 간의 의견이 팽팽했다. 도서관이 재판을 하는 곳도 아닌데, 아직 결정나지 않은 상태에서 임의적으로 대출 금지를 결정해도 되느냐는 의견을 가진 위원들은 출판사가 출판 금지를 시키지 않은 상태이니 그 결정에 맞추어 움직이자는 생각이었다. 반대측은 명백히 피해자가 있고 복수의 민원이 들어오니 개방 비치를 해두는 것이 우려스럽다는 의견이었다.

그날의 결정은 후자로 정해졌다. 정확히 말하면 그 책을 서가에 비치하지 않는 대신 이용자가 요청하면 대출해주는 방식이었다. 그 책과 연관된 사람이 한 명도 없었기에 오히려 객관적으로 토론할 수 있었으리라. 그렇기에 서로의 의견도 수용적으로 경청하는 시간이었다. 전자의 입장이었던 나는 그런 논란이 있는 작품은 오히려 많은 독자가 읽고 스스로 판단하는 편이 좋지 않겠느냐는 생각이었지만 단 한 명이라도 어떤 이유에서든지 고통을 호소하는 이가 있다면 윤리적 잣대로 결정하는 것이 좋지 않겠느냐는 의견을 받아들였다. 그 작품을 열람하기를 원하는 이용자에게는 당연히 정보 침해를 주지 않게 열람 대출도 가능하니 말이다. 명확한 답은 없다. 모든 것이 그러하듯 숙고하고 토론한 뒤 내린 결정을 따르는 수밖에.

간혹 독서모임 책을 선정할 때도 정치적 성향이 드러난다고 선정 책을 변경해달라는 요청을 받기도 한다. 대단히 시의적절하고 함께 토론하면 좋을 주제임에도 불구하고 일말의 정치적 편향이나 오해를 차단하기 위해 정치적 중립성이라는 말로 기계적 중립을 선택할 때가 종종 있다. 정치적 사유는 토론에서 가장 중요한 화두임에도 불구하고 점점 기피 주제가 된다.

누군가는 이런 도서관의 결정이 껄끄러울 수도 있다. 그러나 도서관도 치열하게 고민하고 여러 사건과 해결과정을 거치면서 축적한 지혜로운 결정을 내리려고 최선을 다한다. 그만큼 공공기관의 역할과 활동이 쉽지 않음을 위원회를 참석하며 느꼈다. 우리나라의 모든 도서관이 같은 사안에 같은 결정을 하는 것도 아니다. 결국 많은 다양성을 수용하려면 더 많은 특화된 도서관이 있어야 하지 않을까.

몇 년 전 도서관 정책포럼에 갔었다. 문헌정보학과 교수, 정치인, 도서관 관장, 사서, 도서관 자원활동가, 도서관을 사랑하는 일반 시민과 도서관 관련 글을 올리던 나의 트친님까지 함께하는 자리였다. 포럼 주제는 '도서관은 정확히 무엇을 위해 존재하는가?'였다. 도서관과 가까운 사람들이 한곳에 모여 여러 이야기를 말하고 듣는 자리였다. 그때 받은 책자의 도서관 이용률 분석표를 보니 이용률이 가장 높은 연령대는 30~40대였고, 직업은 전업주부와 자영업자였다. 서울시민의 도서관 이용 목적은 '정보 요구'(53.7퍼센트)가 1위, 책 대출은 28퍼센트로 2위였다.

현재 사람들이 인식하는 도서관은 조용히 공부하는 곳, 약간의 소음도 소름 끼치게 큰 소리가 되어 긴장과 적막이 감도는 공간이다. 이제 이용자들은 편안하고, 다채로운 북 큐레이션으로 좀더 전문성이 돋보이는 도서관을 바란다. 단순히 정보 이용 공간을 넘어 지역사회에서 일어나는 많은 일까지 원하는 발언들이 계속되었다.

사람들의 독서력이 향상될 수 있기를 더욱 적극적으로 도와주기를 바랐고, 평생교육에 걸맞은 좋은 교육 프로그램을 원했으며, 문화에 소외되는 지역 사람들을 위한 예술교육 지원과 공동체 활성화 방안까지. 포럼에서 도서관을 향한 다양한 바람과 문제점을 듣던 한 정책관이 이렇게 물었다. "왜 사람들은 이런 것까지 도서관이 해주길 바라는 걸까요?" 그는 너무 많은 요구에 다소 놀란 것인지, 짜증이 난 것인지 모를 표정을 짓고 있었다.

단순히 책을 대여하고 공부하는 장소 이상의 것들을 요구했다. 도서관이 책을 보관하고 마음껏 볼 수 있는 한정된 공간으로만 남아 있기를 더이상 원하지 않았다. 사람들과 연대하고 의미 있는 일을 해주기를 바랐다. 도서관이 주민센터처럼 행정적인 일까지 해주기를 원했다. 더 많은 것을 제공하고 알려주고 제안해주기를 바랐다. 그 많은 부분은 사실 다른 공공기관에서도 하고 있는 것들인데 말이다. 아마도 사람들이 여러 다른 공공기관보다 도서관을 더 친근하고 편하게 생각하기 때문이 아닐까 싶다. 도서관은 늘 관대하고 가장 수용적인 태도를 취하는 곳이니까. 무엇보다 도서관을 사랑하는 사람들은 더 많은 것을 요구할 수밖에 없다. 사랑하는 것에는 아쉬움이 없기를 바라니까.

세계 5대 도서관 중 하나인 뉴욕공립도서관의 이야기를 담은 다큐 영화 〈뉴욕 라이브러리에서〉를 보면 지역 작은 도서관부터 뉴욕 도서관까지 다양하게 특화된 도서관이 나온다. 문화복합공간을 넘어 직업훈련소, 직업안내소, 이민국, 장애복지센터, 문화예술진흥원, 아트센터, 학교와 유사한 역할을 하는 공간으로 열려 있다. 이민자와 여러 인종이 사는 뉴욕 지역 특수성 때문에 생긴 독특한 도서관의 모습일지도 모르겠지만 분명한 것은 도서관이 책을 빌리고 공부하는 장소의 개념을 넘어서 있다는 점이다. 일상의 많은 부분을 도와줄 수 있는 가장 편하고 가까운 공공장소 같다. 아낌없이 주는 나무로 지은 집처럼 도서관은 시민들을 환대했다.

영화를 보는 내내 부러우면서 그 정책관의 질문이 다시 떠올랐다. 도서관이라는 공간에 어느 정도 한계와 선을 이미 그어놓은 듯한 질문. 숫자로 물든 능률주의 시스템의 잣대를 도서관에게까지 들이대며 이용률을 따져 묻고(매일 도서관 이용자 수를 기록한다) 작은 도서관 폐관, 기능 변경을 지시하는 지금(그 지역 관계자들은 그저 도서관 이용 목적을 독서실로 바꾸려고 한 것뿐이라고 했다)

우리는 도서관이라는 공간에 대해 진지하게 다시 생각해보아야 한다. 복합문화 공간인 공공기관 이상의 의미가 있다. 많은 기관과 관계들이 인간의 신용과 신뢰를 바탕으로 이루어지는데, 도서관도 인간에 대한, 책을 읽고자 하는 사람에 대한 무한의 신뢰를 바탕으로 운영되는 공간이다. 또한 민주사회 시민으로서 갖추어야 할 비판적 사고와 지식을 공부해나가리라는 믿음도 가졌다. 흔하디흔하게 여기는 도서관을 지나치다 문득 그런 생각이 들었다. 인류와 도서관이 공존한다는 것은 인간에 대한 신뢰가 지속되고 있음을 증명하는 것만 같다고. 도서관이 더욱 소중하고 특별해 보이는 순간이었다. 공간을 내준 이와 공간을 쓰는 이 모두 그 공간을 사랑하는 마음이 계속되는 한 도서관의 미래는 밝을 것이다.

“

잊지 못할 도서관 교양 강좌

”

도서관에서 어떤 수업을 함께 듣던 수강자가 자기는 공부 쇼핑 중독자라고 말했다. 남편이 도서관 수업만 맨날 쇼핑하듯 듣지 말라고 했는데, 사설기관이 발행하는 자격증 따기 등 온갖 수업을 계속 듣기만 한단다. 그 말을 듣던 나도 살짝 뜨끔했다. 그때 나도 하던 일을 그만두고 어린 두 아이를 키울 때라 새로운 무언가를 배워 경력이라는 것을 다시 쌓고 싶었다. 하지만 경제적·시간적으로 대학원에 가거나 1년 코스 아카데미를 다니기가 쉽지 않았다. 그저 동네 가까운 도서관에서 그럴싸한 자격증을 주는 프로그램이나 인문학 강의를 듣는 것으로 대체했다. 도서관 수업의 가장 큰 문제는 프로그램의 연속성이 약하다는 것이다. 한마디로 일회성, 단기간 수업으로 깊이 있게 무언가를 배워나가기가 미흡하다. 업그레이

드된 심화 강의나 프로그램 피드백을 위한 이용자들의 요구 조사 같은 것은 많지 않았다. 그럼에도 불구하고 도서관 강의는 어떤 면에서 꼭 필요한 평생교육이자 국가가 무료로 제공해주는 교양 강의다. 그 강의를 듣던 내가 대학원에 가고 책도 몇 권 쓰게 된 것을 보면 분명 도서관의 여러 강의가 밑거름이 되었다.

나에게 잊을 수 없는 도서관 강의가 몇 개 있는데, 그 중 하나가 '서양음악의 역사' 수업이다. 고대-중세-바로크-고전-낭만-현대 순으로 중요한 음악가들과 음악들을 다양한 이야기와 연주 영상, 음악 감상 등으로 구성한 수업이었다. 피아노에 엄지손가락을 쓰기 시작한 시기가 바흐 때부터라는 것, 바흐에게 20명의 자식이 있었다는 것, 100년 뒤에 정육점에서 고기 포장지로 쓴 종이가 바흐의 악보였다는 사실을 멘델스존이 발견했다는 것 등 숨은 이야기가 정말 재미있었다. 그러고 나서 음악을 들려주면 멀게만 느껴졌던 클래식 음악이 전과 다르게 생생히 귀와 마음에 흡수되었다.

나는 매번 뒤쪽에 앉는 참가자였다. 강의실 맨 앞줄에 한 노부부가 늘 앉았는데, 쉬는 시간이 되어 알게 되었다. 남편분이 휠체어에 앉아 있는 것을. 아내는 조심스럽게 휠체어를 밀고 화장실에 다녀왔다. 뒤에 앉아 두 분의 뒷모습을 가만히 보다 가끔 음악을 듣는 시간에 두 분의 모습을 메모장에 스케치하기도 했다. 〈G선상의 아리아〉를 들을 때였다. 왠지 모르게 그 두 분 모습이 앞 스크린에서 보이는 연주 장면과 오버랩되며 음악과 잘 어울렸다. 노부부가 나란히 앉아 매시간 진지하게 수업을 들으며 담소 나누는 모습이 좋아 보였다. 참가자들과 서로 담소를 나눌 시간은 따로 없었고 먼저 말을 걸지도 못했다. 그러나 수업 때마다 매번 보는 익숙한 얼굴들이 점점 반가웠고, 어쩌다 보이지 않으면 왜 안 오셨을까 궁금해지기도 했다. 서로 말 한마디 나누지 않았지만 강사의 농담에 함께 소리내어 웃고 감동적인 이야기와 음악 감상에 서로가 충만해져 상기된 표정을 주고받았던 시간들이 쌓여 마지막 수업에서는 이들과 헤어지는 것이 못내 아쉬웠다. 같은 공간에서 비슷한 결의 시간을 보낸 이들과의 옅은 연대감으로 마음이 따뜻해졌다.

어느 악단의 지휘자이기도 했던 강사는 마지막 날 첼로를 가져와 연주를 잠깐 해주었다. 고작 열댓 명 참가자를 위한 작은 연주였지만 유튜브나 음반을 통해 듣는 소리가 아닌 눈앞의 선율소리는 강렬했다. 손가락 마디가 움직일 때마다 소리가 바뀌는 한 음, 한 음이 그렇게 또렷이 보이고 들린 적이 있던가. 교양은 학문과 지식으로 감정의 고양을 경험해보는 것이구나. 매 강의마다 풍족했던 자료와 이야기들을 들을 때마다 이런 교양 강의를 무료로 들을 수 있다는 사실에 알 수 없는 여러 도서관 관계자에게 감사를 전하고 싶을 지경이었다.

또하나의 강의는 '길 위의 인문학 강의'였던 영문학 온라인 강의였다. 집에서 편하게 온라인 줌으로 들을 수는 있었지만 강의시간이 주부에게는 가장 바쁜 저녁시간대라 부엌에서 노트북을 켜고 들었다. 살림 이외에 지적 호기심이 충만한 주부에게도 허락된 도서관 온라인 강의로 밥을 하면서도 영문학을 맛볼 수 있게 해주니 이 얼마나 감사하고 좋은가!

『스토너』의 주인공 스토너는 농과대생이었지만 필수 교양 수업으로 영문학 수업을 듣게 된다. 농사를 더 잘 짓는 것이 삶의 정해진 길이었는데, 수업시간에 셰익스피어의 소네트를 듣다 영문학에 매료되어 영문학 교수가 된다. 그 책을 읽으며 '영문학이란, 셰익스피어란 그렇게나 매력적인 것인가?' 하고 의문을 가졌던 나도 이 강의를 통해 쌀밥을 지으며 영문학의 매력에 빠지고 말았다. 영국의 RSC(Royal Shakespeare Company) 극단의 배우들이 연기하는 영상을 찾아보고 같은 대사라도 배우마다 연기가 다른 점을 느끼며 연극에 대한 매력도 한층 더해졌다. 좋은 대사를 반복해 암기하고 자신의 몸과 마음으로 해석한 연기를 펼쳐 보이는 것이 예술을 스스로 체화하는 과정이라고 생각하니 나도 연극 연기를 해보고 싶다는 생각까지 들었다. 버킷 리스트에 나이 오십이 되면 연극 연기 해보기를 올려두었다.

우리에게 익숙한 『햄릿』의 3막 1장 대사 "죽느냐 사느냐, 그것이 문제로다(To be, not to be: that is the question)"의 번역이 일본에는 50가지 버전이나 있다고 한다. 그러나 우리는 그러지 못하다며 강사님은 번역에 대한 아쉬움을 토로했다. 이 햄릿의 독백에는 삶을 살아가는 태도가 담겨 있다고 한다. 삶에 순응할 것인가? 삶에 저항할 것인가? 어떤 평론가는 햄릿은 우유부단한 것이 아니라 '무행동'을 선택한 인물이라고 평했다며 철학자 마르틴 하이데거의 기투와 피투까지 거론했다. 정말 대학 교양 강의 수준의 수업이 계속되었다.

강풍이 부는 추운 겨울 제주돌문화공원에 갔을 때 문화관광해설사가 말했다. 이런 강풍에도 제주 담벼락

이 무너지지 않는 이유는 돌 사이사이 구멍, 틈 때문이라고. 삶도 그러하다. 나는 삶에 약간의 틈을 만드는 일로 이런 강의를 듣는다. 밥하고 설거지하고 청소하는 매일의 일상에 비일상적인 틈을 만드는 일은 진부한 일상에 한탄 대신 품위를 만들어준다. 나 스스로 틈을 만드는 것, 살아낼 숨구멍을 만드는 것, 그 과정에서 나라는 사람이 변화하는 지점을 포착하며 나 스스로를 관리하는 것, 가장 어려우면서도 죽기 직전까지 쉬지 않으면 안 되는 공부다. 어쩌면 결국 어른이 된다는 것은 독학자가 되는 것이 아닐까. 내 삶을 공부하는 사람, 타인과 사회를 스스로 공부하고자 하는 사람이야말로 삶의 주인이자 어른이 된다. 나에게 필요한 공부가 무엇인지부터 아는 것이 나를 아는 공부의 첫걸음이다.

배우는 사람으로 살고자 하는 이에게 다가오는 하루는 귀하다. 홀로 배우는 사람은 고독을 즐길 줄 안다. 다가오는 늙음과 고독이 두렵지 않다. 도서관에 다니며 책을 읽고, 강의를 들으며 삶의 틈을 만들어가는 이들은 행복한 노후를 이미 예약한 사람이다.

“

무명 저자의 강연에도 와주세요

”

몇 년이 흐르고 평범한 전업주부로 도서관 강의를 듣던 내가 이제 강의를 하는 강사가 되었다. 독서모임 관련 첫 책을 내고 지방의 한 도서관에서 강의 제안이 들어왔다. 무려 세 차례나. KTX 비용도 준다고 해서 신나게 강의를 준비했다. 첫 강연은 북토크 형식으로 기획했다. 소위 강의여행으로 딱 좋은 도시. 두 시간 강연이 끝나면 곳곳을 혼자 여행할 생각에 들떠 있었다.

도서관에 도착해서 둘러보니 강의 안내 현수막 디자인이 예뻤다. (처음 강연할 때는 몰랐는데 그 큰 현수막이 강의가 끝나면 다 버려진단다. 아쉬워서 몇 번 집에 챙겨오기도 했다. 이제는 집에 가져와도 결국 나도 버리는 일회용 예쁜 추억 쓰레기라는 것을 안다.) 슬쩍 수줍게 현수막을 찍었다. 조금 일찍 도착해서 둘러보니 꽤나 큰 도서관. 평일 오전

10시에 누가 나를 알아서 올까 싶었지만 내심 사서가 내 책을 직접 읽고 좋아 강연 의뢰를 했다는 말에 모객이 어느 정도 되리라 기대했다. 그래도 열 명은 오겠지. 시간은 다 되어가는데, 많은 의자가 무색하게 큰 강연장에 네 명 정도 앉아 있었다. 10시가 다 되었을 때쯤 젊은 남녀 몇몇이 들어왔다. 내 책은 『엄마의 책모임』인데……. 그때는 잘 몰랐다. 그냥 우연히 도서관에 들른 분들이 포스터를 보고 들어왔겠지 하며 강의를 시작했다.

너무 휑한 강연장. 춥지도 않았는데, 서늘해져 닭살이 돋았다. 떨리기도 했지만 사서에게 민망함을 감추기 위해 당당한 척 열심히 강의했다. 열 명도 안 되는 참가자의 눈 중 누구의 눈을 마주쳐야 할지 몰라 내 시선은 자꾸 먼 허공에 머물러 있었다. 참 눈치도 없이 두 시간을 쉬는 시간도 없이 꽉꽉 채워 강의했다. 첫 도서관 강연을 위해 집에서 몇 번이나 음성 녹음을 하며 강의 연습을 했던가.

강의가 끝나고 나의 표정이 어땠는지는 기억나지 않는다. 사서는 나에게 난감하고 미안한 표정으로 오늘 날씨가 너무 좋아서 신청자가 많이 못 온 것 같다고 전했다. 그렇다. 늘 도서관 무료 강연은 날씨가 안 좋아서 안

오고, 날씨가 너무 좋아도 안 온다. 날씨라도 탓하며 나의 무명함을 덮어주려고 했던 마음 따뜻한 사서 선생님과 남은 두 번의 강연을 기약하며 인사하고 나오는데, 아까 앉아 있었던 대부분의 사람 모두가 도서관 직원 카드를 목에 걸고 나가는 모습을 보고야 말았다. 그들의 얼굴은 이제 드디어 점심을 먹으러 갈 수 있다는 사실에 내심 홀가분해진 표정이었다. 언덕배기에 있던 도서관을 뒤로하고 걸어내려오는 길이 참 길게 느껴졌다.

그래, 누가 나를 알아 좋은 날씨도 마다하고 두 시간이나 할애하러 도서관까지 와주겠어. 나도 그러기 쉽지 않지. 마음을 달래가며 그후로도 나의 '무명세'를 단단히 치르는 여러 강연을 꿋꿋이 해나갔다.

여전히 끊길 듯 끊어지지 않을 정도로 도서관 강의 제안 메일을 꾸준히 받는다. 한번은 초등학교 시절 다니던 도서관에서 메일이 왔다. 그 도서관 앞에서 아이들과 뛰어놀고, 낙엽을 주워 책갈피를 만들고, 짝사랑이자 첫사랑이었던 남자애에게 화이트데이 사탕을 받았던 도서관이었다. 이런 우연에 놀라워 사서에게 내 이야기를 하니 참 반가워했지만 예전 도서관이랑은 많이 달라졌다고 했다. 이름만 같을 뿐 내가 기억하고 있던 도서관의 모습은 전혀 찾아볼 수 없었다. 인스타그램에 아름다운 도서관으로 곧잘 언급될 정도로 아름답게 변했다.

강의 당일 갑작스럽게 추워지고 바람이 많이 불었다. 역시 날씨 탓인가, 나의 무명함 탓인가는 알 수 없었지만 참가자는 총 네 명. 듬성듬성 빈 의자를 채우기 위해 급하게 도서관 사서와 직원들이 와서 앉았다. 이제 이런 상황은 의연하게 대처할 수 있을 정도가 되었다. 저조한 참석률과 강의 내내 삐딱한 자세와 표정으로 나를 노려보던 중년 여성 참가자, 폐쇄된 강의실 공간이 아닌 열린 공간에 울리는 내 목소리, 두 시간이 이리도 길었던가. 끝나고 돌아가는 길이 허기지고 허탈한 기분으로 힘겨웠다.

너무 아름다웠던 도서관이라 사서에게 나중에 다시 꼭 오고 싶다고 말했지만 사실 오고 싶지 않았다. 차라리 이 도서관이 나에게 이렇게나 의미 있다는 이야기를 하지 말 것을. 그날 모객이 정말 잘되고 열렬한 박수와 질문의 향연이 펼쳐졌다면 의미가 있었겠지. 나는 속으로 사서가 어떤 생각을 했을지 수치심을 끌어안고 혼자서 오래 걸었다. 나에게 의미 있다는 것은 얼마나 작은 경험이고, 일시적이고, 상처받기 쉬운가.

사실 이런 저조한 모객으로 인한 나의 창피함은 아무것도 아니다. 온 마음을 다해 강의를 기획한 사서에게 너무 미안하다. 진심어린 긴 강의 제안 메일과 강의가 끝나는 시점까지 정성을 다해주었던 사서에게 죄송하다. "제가 더 유명해져볼게요"라는 농담이라도 던지며 너스레를 떨고 싶지만 유명해질 자신도 없기에 모객이 잘 안 됨을 미안해하는 사서에게 그렇지 않다고 말할 뿐이다. 강렬한 민망함과 유명하지 못해 미안한 마음이 이렇게 오랫동안 지속될지 몰랐다. 아마 이런 순간들은 내가 〈유퀴즈〉에 나가지 않는 이상 계속되지 않을까 싶다. 그렇다고 들어오는 강의를 마다할 것인가. 매 강의마다 어떤 일을 어떤 참가자가 어떻게 들을지는 아무도 모른다.

사서에게 블로그라도 좀 열심히 하라는 말을 들을 정도로 나의 무명세에 비해 노력하지 않는 게으른 저자가 되어 있지만 세상에는 어떤 편견 없이 단상에 서 있는 사람의 말을 경청해주는 멋진 분들이 있다.

내가 주로 강의하는 주제는 '우리는 왜 토론해야 하는가'로 독서모임의 의미와 그 세계를 이야기하며 토론에서 자주 쓰는 책들과 질문들을 나눈다. 함께 책 이야기를 나누는 세계가 궁금해서 오는 여러 참가자 중에 기억에 남는 분들이 있다.

강의가 끝나고 사서와 이런저런 마무리 인사를 하고 내 책을 들고 온 정말 흔치 않은 귀한 독자 몇 분에게 사인을 해주고 나가려는데, 조심스럽게 다가온 참가자 한 분. 우연히 강의 제목을 보고 뒤늦게 들어와서 들었다며 감사하다는 인사를 전했다. 사실 오랫동안 사람들과 교류하지 않고 혼자 웅크려 있던 시간이 많았는데, 용기 내오늘부터 책모임을 한다고 했다. 그분은 어떻게 첫 시작을 해야 할지, 그 공간이 어떤 의미일지 막막한 상태였는데, 강의 덕분에 감을 좀 잡은 것 같다고 담담히 이야기를 하다가 감사하다며 눈물을 흘렸다. 나는 놀라 덜컥 그분을 안았다. 잘했다고, 분명 좋은 만남과 시간이 될 거라고 응원했다. 도서관에서 우연히 접한 나의 강의에서 그분에게 꼭 필요한 말이 있었다는 것만으로도 나는 그 시간의 필요성을 다 느낀 것만 같았다. 그분은 지금 어떻게 지내고 있을까? 계속 독서모임을 하고 있을까? 마음이 단단해졌을까? 몇 년이 지났는데도 그분의 진심어린 마음과 말들이 여전히 기억난다.

어떤 강연에 가면 나이가 지긋한 어르신 참가자들이

몇 분 앉아 있다. 세상 많은 것을 이미 숙지하고 있을 텐데, 새파랗게 어린 강연자의 말을 앉아서 들어주겠다는 자세부터 나는 이미 감사하고, 은근 더 긴장되기도 한다. 한번은 강의가 끝나고 80대 가까이 되어 보이는 어르신이 나에게 다가와 강의 잘 들었다며 인사했다. "많이 배웠어요." 그분의 겸손한 태도와 그런 말을 전해주는 용기에 나야말로 정말 배웠다. 나도 저런 사람이 되어야겠다.

'평생을 배우는 사람.'

엄기호는 『공부 공부』에서 공부를 구경하는 사람과 배우는 사람이 있다고 말한다. 배우는 사람은 공부를 하거나 가르침을 받을 때 자신 안에 늘어나는 것에 집중한다고 한다. 하지만 공부를 구경하는 사람은 말하는 사람이나 가르치는 사람이 잘 가르치는지에 집중하며 자기 성장에는 관심이 없다고 한다. 그렇기에 그들은 잘 가르치네, 아니네, 오늘 강사가 어떤지에 대한 품평만 늘어놓는다고 한다.

자신의 무지를 부끄러워하기보다 새로운 배움의 세계로 가는 발판으로 여기며 기뻐하는 사람, 배울수록 자신의 무지를 깨달아가며 더욱 겸손해지는 사람, 나에게 무언가를 가르쳐준 사람에게 고맙다고 표현하는 사람, 배워가는 삶 가운데 자신의 성장을 관찰하고 성찰하는 사람. 나는 이런 삶을 살아가고 있는 이들을 직접 마주하기 위해 무명하더라도 도서관 강의를 계속하고 싶다.

금요일 밤 도서관

“

라이브러리 북클럽

”

독서모임 경력 12년 차, 독서모임 관련 책 두 권 출간 후 몇 년째 도서관에서 독서모임을 진행하고 있다. 유치원생부터 성인까지 대상도 다양했고, 그림책부터 고전, 인문사회서까지 책도 다양했다. 요즘은 평일 저녁시간대 일반 성인 대상 독서모임을 자주 진행하고 있다. 참가자 대부분이 직장인이라 되도록 두껍지 않은 책을 선정한다. 매 모임마다 누가 올지 모르니 책을 선택할 때마다 괴롭다. 그래도 가장 공을 들이는 도서는 첫 모임과 마지막 모임 책이다. 열고 닫는 것이 늘 중요하다고 생각해 신경썼는데, 이상하게 첫 모임과 마지막 모임 참가자 수가 가장 적다. 그래도 베스트셀러, 고전, 사회서 등 애를 써서 고루 선택한 책 중 참가자가 인생 책을 만났다며 이 책을 선정해주어 감사하다는 말을 해주면 보람을 느끼기도 한다. 내가 선정을 잘했다기보다 그분에게 필요한 이야기가 시기적절하게 들어맞은 우연일 텐데, 공은 내가 다 받는다. 사실 모든 책의 이야기는 삶의 보편성을 어느 정도 담고 있으니 공감할 여지는 다 있다. 독자가 받아들이는 감응의 정도와 시기가 다를 뿐.

나는 모임 책을 선정하고 진행하는 것뿐 아니라 함께 나눌 질문도 만들어간다. 책이 던진 삶의 질문들을 정리해간다. 살면서 한 번도 자기 자신에게 해보지 못한, 난생처음 받아보는 질문을 만든다. 참가자들은 그런 질문을 통해 혼자 읽는 동안에는 미처 생각해보지 못한 지점을 만난다. 게다가 전혀 생각하지 못했던 의외의 다양한 답변을 들으며 놀란다. 질문은 내가 만들었지만 그에 대한 다양한 답은 그들이 만들었다. 우리는 그 순간 세상 모든 질문에 하나의 답만 있는 것이 아니라는 점을 상기하며 사고의 유연함과 관대함을 경험한다. 질문이 던진 사고실험을 해보며 철학을 경험해본다.

살면서 누가 이렇게 나에게 심도 있는 질문을 던졌던가? 누가 이렇게 나의 생각을 진지하게 경청해주었던가? 새로운 질문과 다양한 현답이 물결치는 이 공간에서 참가자들은 융숭하게 대접받는 느낌을 받는다. 이것이야말로 독서가들의 향연이다. 아, 물론 이런 잔치 중에 흥을 깨는 이도 존재한다. 오늘 모임이 너무 좋았다며 다음에 또 오겠다는 소감을 전하는 참가자 다음으로 독서모임이 좋다기에 참가해보았는데, 굳이 왜 하는지 모르겠다는 폭탄을 던지고 떠난 이도 있으며 이런 질문은 왜 만들었느냐, 진행자님은 어떻게 답변하겠느냐며 온통 나에게 집중하는 참가자도 있었다. 독서모임의 또다른 빌런으로 보는 말 많은 참가자는 진행자의 책임이다. 진행자가 가장 잘해야 할 역할이 그런 참가자의 말을 잘 통제하는 일이다. 그러니 말 많은 참가자가 있다면 그분을 미워하지 말고 진행자에게 책임을 물으시라.

한 주의 노동시간이 공식적으로 끝난 금요일 저녁, 도서관 책모임에 참석하러 오는 이들은 뭐랄까 '멸종위기에 처한 노동하는 독서인'이다. 도서관으로 오는 어둑한 퇴근길, 출출한 마음의 허기를 책을 읽고 나누는 시간으로 채우러 오는 이들의 상기된 얼굴들이 떠오른다.

어떤 참가자는 미처 다 읽지 못한 남은 열 페이지 남짓을 지하철에서 초집중하며 읽고 오는 중일 것이다. 누군가는 오늘 난생처음 첫 독서모임을 경험하기 위해 굉장한 용기를 내서 오고 있을 것이다. 어떤 이는 지난달

모임이 정말 좋았다며 책을 좋아하는 친구를 데리고 올지도 모른다. 반대로 누군가는 독서모임이 너무 좋다며 같이 가자고 마음 맞는 동료를 꼬셔보지만 "책도 읽고 여유 있네"라는 말을 듣고 홀로 오는 이도 있을 것이다. 한동안 북클럽에 나오지 못하다가 오랜만에 참석한 한 분이 그간 힘든 시간을 보내며 이 모임에 얼마나 오고 싶어했는지 모른다며 그리웠다는 말을 전한다. 그리운 마음만큼 진실한 마음이 또 있을까. 칼퇴한 금요일. 이들 모두 아늑한 집도, 친구들과의 음주가무도, 연인과의 데이트도 뒤로하고 라이브러리 북클럽으로 입장했다. 책으로 시작해서 사람으로 끝나는 짧은 여행을 할 시간이다.

오늘은 고전 중의 고전 『노인과 바다』를 함께 나눈다. 너무나 유명하지만 『노인과 바다』를 난생처음 읽어본 이도 있다. 오늘 13명의 참가자가 모였다. 빙 둘러앉은 의자 뒤로 책들이 무수히 꽂혀 있다. 둘러싼 책 안에 옹기종기 모여 있는 이 낯선 이들이 무해하게 느껴지는 것은 왜일까? 너와 내가 같은 이야기를 읽었고 비슷한 감정을 느꼈을 존재라는 유대감 때문일까.

모임 첫 시간, 한국인 자기소개 3종 세트 '직업, 나이, 사는 동네'를 빼고 자기소개를 간단히 나눈다. 외적인 정보 사항을 알기 거부한 채 서로의 이야기를 나눈다. 도서관이라는 안온한 공간에 이름 세 글자만 보이며 우리는 한껏 자유롭고 발칙해진다. 친한 이들에게 한 번도 내뱉지 않았던 이야기들까지 낯선 타인이라 털어놓는다. 타인과의 대화에서 우리는 자유로워진다. 나를 드러내는 외적 요소를 감추자 진짜 내 생각들이 나온다. 어쩌면 우리는 그 외적 요소 때문에 그토록 가면을 써야만 했는지 모른다. 남자라서, 여자라서, 학생이라서, 공무원이라서, 엄마라서, 나이가 많아서, 나이가 적어서…… 온갖 이유로 스스로 금기했던 생각과 말을 터놓는다. 서로의 숨겨진 정보가 오히려 가면을 벗긴다. 완전히 낯선 타자가 나를 자유롭게 한다. 타인이 지옥이 아니라 타인이 자유가 되는 것을 경험한다.

나의 과거와 현재를 모른 채 지금 내가 하는 말만으로 나를 읽어주는 공간이다. 설사 자신이 거짓말을 한다고 해도 모를 그들 앞에서 한 번도 내뱉지 않은 말이 스스럼없이 나오자 스스로 놀라곤 한다. 새로운 나를 발견한다. 늘 익숙했던 가족, 친구, 연인, 동료 앞에 있던 나와 다른 나를 조우한다. 새로운 나는 새로운 타인 앞에서 생성된다.

한번은 한강 작가의 『흰』을 선정하고 어떻게 모임을 꾸릴까 고민했다. 선정 도서가 산문시 특징이 두드러진 소설이라 다소 생소하고 어렵게 느낄 참가자들을 위해 모임시간을 다채롭게 구성했다. 시적 산문 특성을 살려 마음에 들었던 제목의 글을 선택해 직접 낭독하는 시간을 가졌다. 정기적으로 자주 모임에 참석했던 30대 참가자가 다소 쑥스러워하며 소리내어 읽었다. 갑자기 울먹이는 소리가 들려 고개를 들어 쳐다보니 눈물을 흘리는 것이 아닌가. 발랄했던 분이 눈물을 흘리자 우리뿐 아니라 당사자도 놀란 듯했다. 집에서 묵독으로 분명 읽었던 글인데, 예상하지 못했던 자신의 행동에 당황해했다. 아이에게 그림책을 읽어주면서나 낭독해보았지 자신을 위해 글을 소리내서 읽기는 처음이었을 것이다. 혼자서나 가족, 지인끼리는 절대 하지 않았을 이런 행위를 해보며 새로운 감각과 느낌을 경험한다.

참가자들은 자신만의 생각을 소설 속 주인공에 대입해 말한다. 그들 모두 소설 이야기를 하고 있다고 느끼겠지만 사실 모두 자신을 말하고 있다. 우리는 그 안에서 타인의 상상력을 최대치로 키워본다. 상어에게 살점이 다 뜯기고 남은 청새치 뼈를 끝까지 갖고 돌아온 노인을 보며 경외감을 느꼈다고 말하는 저 안경 쓴 남자 참가자는 어떤 삶을 살아내고 있는 것일까? 노인이 자신을 진심으로 걱정해주고 아껴주는 소년을 만날 수 있었던 것은 칠흑 같은 밤바다의 절망과 어려움을 견뎠기 때문이라고 말하는 저 하얗고 마른 여자 참가자는 어떤 삶의 태도를 갖고 있는 것일까? 청새치의 살을 다 뜯어먹었던 상어 같은 존재를 만난 적 있냐는 질문에 그 상어는 그 누구도 아닌 바로 나 자신이었다고 발언한 중년 참가자의 젊은 나날은 어떤 모습이었을까?

우리는 서로의 발언에 숨어 있는 서브텍스트를 읽어낸다. 언외의 부분을 헤아리고 넌지시 암시된 숨은 진실을 상상해본다. 그들의 말 위에 덮어쓴 이야기를 걷어내고 그 사람만이 가진 생각과 태도를 읽어본다. 이것이 경청이다. 비록 그의 삶의 맥락까지는 알 수 없는 제한된 상황이지만 최선을 다해 그의 말을 읽는다. 노인과 청새치의 사투가 벌어지는 밤바다. 인상 깊은 구절로 별을 쳐다보며 소년을 그리워하는 노인의 독백을 선택하는 이와 결투를 벌이는 청새치를 걱정하는 노인의 말을 선택한 이의 가치관과 삶은 다를 것이다. 자신의 삶의 맥락에 따른 감응과 해석은 다양하다. 얼굴이 모두 다르듯 생각도 모두 다른 것은 자연의 이치다. 같은 텍스트를 읽어도 이렇게 다르게 해석한다는 사실이 나는 가끔 벅차도록 기쁘다. 우리가 동일자들이 아닌 것이 얼마나 다행인가.

빈정대는 말투에서 사랑받고 싶어하는 욕구를 발견한다. 인상 깊었던 문장을 천천히 읽어내려가는 차분한 톤과 발음에서 정갈한 성격을 발견한다. 발언을 잘 하지는 않지만 모든 말에 표정을 달리 지으며 고개를 끄덕이는 모습에서 배려와 관대한 모습을 발견한다. 두 시간 동안 13명의 각기 다른 모습을 발견하며 쉴새없이 이어지고 연결된다. 그러면서 새롭게 만들어지는 차이들 사이에서 이전에 없었던 무언가가 나와 그들 안에 만들어진다.

리좀적 독서 대화

질 들뢰즈와 펠릭스 가타리가 함께 쓴 『천 개의 고원』에 나오는 리좀(rhizome)은 원래 식물학명으로 뿌리가 아닌 줄기로 연결되는 줄기식물을 말한다. 나무와 달리 고구마는 뿌리를 땅속 깊이 내리지 않는다. 대신 옆으로 길게 연결되어 있다. 그 끝없는 연결의 중요성을 말한 들뢰즈는 연결안의 창의성을 강조한다. 리좀의 개념을 처음 알았을 때 ENFP인 내 삶과 독서법이 리좀식 같다고 느꼈다. 주류에 은근히 반항하고 뻗대는 구석이 있는 나, 체계적인 기존 범주를 비껴가고 싶은 기질의 나, 난장판으로 병렬식 읽기를 좋아하는 나. 그것이 늘 단점이라 여기며 움츠러들었던 나에게 든든한 방패 같은 이론이었다.

어느 날 독서모임에서 생성되는 이런 독서 대화도 리좀적이라고 느꼈다. 나는 이것을 리좀적 독서 대화라고 말하고 싶다. 대화마다 눈에 보이지 않는 투명한 연결선들이 각자의 삶으로 결합되고 이 연결이 어디서부터 시작인지 알아챌 수도 없을 만큼 수많은 연결선이 뻗어나간다.

"오래전에 읽고 오랜만에 다시 읽었는데, 소년이 이번에 새롭게 눈에 들어오더라고요. 다들 소년의 이름이 뭔지 기억나세요? '마놀린'이에요. 마놀린이 힘들게 돌아온 노인을 보며 우는 장면을 읽는데 저도 눈물이 나더라고요. 더럽게 운 없는 노인에게 자신의 운을 들고 찾아오겠다고 말하는 아이잖아요. 제목이 노인과 바다인데, 저는 '노인과 소년'이었어도 좋았겠다 싶었어요. 노인이 끝까지 청새치 뼈를 들고 올 수 있었던 건 마놀린 때문이 아니었을까요? 자신 스스로의 증명을 위해서이기도 했겠지만, 유일하게 자신의 곁에서 지지해주는 마놀린을 다시 만나기 위해서일지도 몰라요. 전 늘 곁에 마놀린 같은 사람이 없다고 생각했어요. 그런데 이번에 이 책을 읽으면서 사실 마놀린 같은 사람은 발견되는 게 아닐까 싶더라고요. 노인이 처절하게 고독하고 두려운 바다에서 마놀린을 많이 그리워하고 함께 있기를 간절히 바라잖아요. 아마 그때 노인은 마놀린의 존재성을 발견하지 않았을까요. 내 곁에 있어주는 이가 특별한 존재가 되는 건 바로 나에게 달려 있다는 생각이 들었어요."

이 발언은 문득 마트까지 걸어가는 길에, 지하철 환승을 위해 걷던 길에, 새벽녘 따뜻한 차를 끓이면서 생각의 줄기로 뻗어나와 오랫동안 나를 친친 감았다. 그가 말한 대로 마놀린의 존재가 발견되는 것이라면 나는 발견할 수 있는 사람인가? 그런 존재를 발견하지 못한 채 진정 나를 아끼는 사람이 없다고 생각하고 있지는 않은가? 발견한다는 것은 매우 능동적이고 주체적인 행위구나. 나는 무엇을 발견하는 사람인 것일까. 발견하는 사람으로 살아가야겠구나.

그렇게 한 사람의 발언이 내 삶의 일부분에 자리잡는다. 나의 지혜가 되고 내 신념의 한 조각이 된다. 이렇게 쌓인 시간과 참가자 말의 줄기들이 책의 갈피마다 심어진다.

완전하게 이질적인 것과의 결합은 나를 새롭게 한다. 익숙한 나는 낯선 것을 만날 때 거기에 반응하는 나의 반응을 보며 새로워진 나를 발견한다. 그래서 늘 완전히 낯선 이들을 용기 내 만나보려 한다. 그들과의 대화에서 나는 어떤 말들을 하고 있는가. 나의 곁에서 나 자신을 관찰한다. 차이를 동일성에 가두지 않고 오히려 차이를 받아들이며 새로운 변화를 마주한다.

나 스스로는 잘 만들어내지 못하는 그 차이를 이곳에서 마음껏 받아들이며 새로운 변화의 장을 만난다.

독서모임 두 시간으로는 책과 대화의 결론을 완전하게 끝맺을 수 없다. 그래서일까. 누군가는 모임 말미 소감에서 더 혼란스러워졌다고 말한다. 사실 너무나 자연스러운 반응이다. 우리는 어떤 하나의 결론을 만나기 위해 독서모임을 하는 것이 아니다. 우리는 내 생각의 분열과 수많은 연결로 이전에는 가질 수 없었던 어떤 사유의 이미지를 만나기 위해 하는 것이다. 그 차원이 엄청 놀라울 수도 있고 거의 미분 수준의 차이일 수도 있다.

어떤 생각들의 접속과 일탈을 반복하면서 우리는 과거의 나와 달라졌음을 느껴야만 한다. 이 무료하고 진부한 삶을 살아내기 위한 본능적인 감각일지도 모른다. 바뀌지 않는 외부 상황에서 내 안의 내부적인 사고와 마음조차 동일하다면 우리는 문이 열리지 않는 공간의 공기를 매일 마시고 있는 것과 같다. 신선한 새 공기를 들이마실 수 있게 창문을 열어야 한다. 창문을 여는 일은 낯섦과 타인을 향한 열린 마음을 갖는 것.

사실 삶은 끊임없는 연결과 단절이 반복되며 쉴새없이 차이를 만들어내고 있다. 그러나 왜 어제의 나와 오늘의 나, 어제의 삶과 오늘의 삶이 동일하다고 느끼는 것일까? 우리는 진정 그 차이를 받아들이고 있을까. 나조차 나 자신에게 질려버릴 정도로 끔찍하게 동일한 존재라 느껴질 때 그대로 있을 수는 없다.

그래서 나와 그들은 이곳에서 대화를 나눈다. 수많은 종류의 대화가 있을 텐데, 우리는 도서관에서 독서 대화를 나눈다. 가장 은밀하고 내밀하고 명상적이었던 개인 독서시간을 끝내고 소리내어 발화한다. 내 말조차 어디로 뻗어나갈지 모른 채. 종착지 없는 곳으로 계속 내달리는 기차를 탄 것처럼 모험이지만 안전하다. 현실 세계에서 낯선 이들과 가장 안전하게 대화를 나눌 수 있는 도서관이니까. 공간은 이만큼이나 중요하다. 도서관이라는 공간이 내 삶의 맥락을 구성하는 가장 중요한 곳이라는 점에서 도서관에서 만난 사람 또한 중요해진다. 그렇기에 그 사람들과 나눈 에너지와 대화 역시 내 삶에 지대한 영향을 미친다.

같은 책으로 여러 번 모임을 하는 나는 단 한 번도 같은 결론과 대화를 만나지 않았다. 동일한 텍스트인데도 우연히 모인 사람들의 조합이 달라질 때마다 다른 해석과 생각이 나온다. 그날 모임에서 지배적인 생각들도 달라진다. 참가자들이 꺼낸 다양한 생각의 차이에 나만의 생각을 덧붙이며 매번 같은 책을 다르게 본다. 우연한 만남이 두렵지 않고 즐거우려면 우리는 안전한 곳에서 이런 우연을 마주쳐야 한다. 나는 우연히 만난 환상의 조합으로 지적 대화가 가능한 도서관 독서모임 공간을 사랑할 수밖에 없다.

13명의 생각들이 얕게 뿌리내리고 서로 연결된다. 넝쿨처럼 뒤엉키고 어디론가 계속 뻗어나간다. 그들은 돌아가는 발걸음에, 그들이 잠든 방문에, 그들이 읽는 새로운 책에, 그들이 만나는 여러 맥락의 장면에 그 줄기들이 친친 감기며 연결된다. 문득 떠오른 생각의 줄기에 우리가 나눈 독서 대화 장면이 있다.

“심야 이동 도서관은 마주치지 말아요”

우리는 쿨하게 헤어진다. 너와 나의 독서 대화가 참으로 즐거웠다는 말을 주고받고 미련 없이 각자의 집으로 돌아간다. 도서관 문을 나서자 차갑고 맑은 밤하늘에 청초하게 뜬 만월이 보인다. 바람이 차지만 춥지 않다. 서로의 언어로 얽히고설켜 직조된 포근한 담요를 뒤집어쓰고 있다. 어빙 스톤은 같은 책을 좋아하며 만난 사람들보다 더 빠르고 견고한 우정은 없다고 말했다. 과연 오늘 만난 그들과도 견고한 우정을 맺게 될까. 그 우정의 모습이 어떠한들 빠른 것만은 확실하다. 고작 두 시간을 만나고 돌아왔는데, 『노인과 바다』의 이야기보다 함께 나눈 이들의 이야기가 계속 떠오른다. 죽기 직전까지 나 자신을 증명해야 하는 서글픈 인간의 삶을 말했던 이와 노인의 과욕만큼 꼴 보기 싫은 것이 없다는 이의 말 사이에서 생각해본다. 내가 노인이었다면 행운인지, 불행인지 모를 커다란 청새치를 끝까지 잡고 돌아올지, 도중에 놓아주었을지 걷는 내내 답을 내리지 못한다.

모퉁이를 돌아 어둑한 골목에 접어들자 불 켜진 캠핑카 한 대가 서 있다. 문이 살짝 열려 있었는데, 좋아하는 최백호의 〈책〉이 희미하게 흘러나오고 있었다. "책을 읽으면 머리카락 몇 올이 돋아나는 것 같아. 아주 큰 무엇은 아니고 딱 그만큼만, 아주 작은 그만큼만." 흘러나오는 노래 가사를 흥얼거렸다. 음악에 끌려 슬쩍 더 가까이 가보니 열린 문 사이로 빼곡한 책들이 보였다. 운전자석에 앉아 있는 안경 쓴 중년 남성이 책을 보다 나와 눈이 마주쳤다. 그는 나지막한 목소리로 심야 이동 도서관이라며 서고를 구경해보라고 권했다. 방금 도서관에 있다 나왔는데, 심야 이동 도서관이라니! 살짝 의심되고 두렵지만 잘 정리된 수많은 책등의 나열에 매혹되어 기어코 안으로 들어섰다. 작고 아담한 서고지만 오로지 책만으로 매력을 다 발산하고 있는 공간이었다. 한 권씩 보다보니 그림책부터 교과서까지 온갖 종류의 책이 십진 분류법 없이 꽂혀 있었는데, 어쩐 일인지 낯설지 않은 제목들과 책들이었다. 더욱이 어릴 적 일기장을 집에서 훔쳐 꽂아놓은 것처럼 내가 그동안 써왔던 일기장도 있었다. 누군가를 오랫동안 미워하며 썼던 일기장도 보였다. "책을 읽으며 노래를 들으며 아직은 눈물 흔적 지우고 살아"라는 노래 가사가 흘러나온다. 그렇게 눈물 흔적 지우려 애쓰던 시절 읽었던 책들도 보였다. 너무 놀라며 사서를 보니 이런 반응이 당연하다는 듯 차분한 말투로 말했다. 이 도서관은 나만을 위한 도서관으로 내가 지금껏 읽고 쓴 모든 인쇄물을 소장하고 있다고. 이것은 나의 현실도, 상상 속 이야기도 아니다. 사실 이 이야기는 그래픽노블 『심야 이동도서관』을 살짝 각색한 것이다.

이 이야기는 아름다운 판타지가 아니다. 주인공은 힘든 현실에서 벗어나고 싶어 끊임없이 읽고 읽다가 급기야 가끔 자기 앞에 나타나는 심야 이동 도서관의 사서가 되고 싶어진다. 죽어야지만 심야 이동 도서관 사서가 될 수 있는데, 주인공은 스스로 자신의 생을 마감한다.

이 책은 나와 같은 애서가들에게 질문 하나를 던진다. 그렇게 책으로 회피하게 만들었던 삶의 고통은 무엇이었을까? 책을 향유하는 것을 넘어 탐닉했을 때 내가 놓친 것은 무엇이었을까? 책을 탐닉했던 이는 책이 지닌 위험성을 알 것이다. 책이 얼마나 삶에서 중요한지 강조하는 것과는 달리, 글자의 세계에 빠져 현실 세계와 멀어지는 순간이 있다는 것. 삶의 고통과 불안으로부터 도망치고 그저 가만히 이야기 세계에 빠져 이 모든 현실의 고통에서 벗어나고 싶어하는 극도의 회피적 독서가는 순간 위험해진다.

'서치(書癡).' 글 읽기에만 빠져 다른 일은 돌보지 않는 어리석은 사람.

건강한 회피 행동으로서의 독서가가 되지 못하고 이야기에 숨어버리고 싶은 마음으로 어리석은 사람이 된 순간을 기억한다. 이야기에 잠시 숨어 있으면 다 지나갈 것이라 생각하며 문제를 해결하려는 애씀을 자꾸만 포기하고 싶었던 순간. 이야기에 위로받는 것을 넘어 구원받으려 했던 때. 돌아보니 가장 힘든 시절 가장 많은 책을 단기간에 읽어댔다. 커다란 불행덩어리를 책으로 덮고 또 덮어 보이지 않게 만들었다. 그때 나는 운전중에도 책을 읽을 만큼 위험했다.

책이니까 안전하다고 착각했다. 건강하게 불행을 독서로 승화시키고 있다고 생각했다. 아무리 몸과 마음이 아파도 읽던 책을 포기하기 어려웠다. 아이가 놀아달라는데도 책을 읽었다. 밥과 살림이 다 우스울 만큼 내팽개

치고 싶었다. 애써야만 하는 관계들도 버거웠다. 글을 읽는 것은 나인데, 결국 저자의 이야기를 듣는 것은 나인데, 왜 자꾸 책만 읽으면 책이 내 이야기를 들어주는 것 같았을까. 아무도 내 이야기를 안 들어주는데, 책만이 나를 알아주는 것 같았다. 하지만 글을 읽는데 글자들이 모래알처럼 흩어졌다. 글자에 집중하지 않으면 위험한 생각에 집중하게 될까봐 나를 기만하며 글을 먹었다. 그 글들이 소화되지 않은 채 헛구역질로 도로 다 게워져 흩어졌다. 그때 읽었던 책들이 기억나지 않는다.

사랑하는 마음에는 이성과 비이성의 경계선을 넘나드는 순간이 있기 마련인지라 책 또한 그런 위험한 경계선을 가졌다. 애정이 아니라 집착이 되었던 순간, 그리 길지 않았지만 다시는 경험하고 싶지 않은 기억이다.

오늘 금요일 밤의 도서관은 혼란스럽다. 도서관이어서 좋았다가 도서관이어서 위험했다.

'왜 밤새 24시간 운영하는 도서관은 없는 거야'라는 생각이 들다가도 마감시간이 있어 집으로 반드시 돌아가야 한다는 것이 다행이다. '적당한 사랑'이라는 개념만큼 어색한 것이 없지만 적절히 사랑하지 않으면 안 된다. 그러니 절대 심야 이동 도서관은 마주치지 말아요.

토요일 낮 도서관

“우연의 공간에서 필연 만들기”

오늘 대출자의 도서관 나들이는 산뜻하다. 집에 빌려놓은 책도, 반납이 밀린 책도 없다. 지갑을 들고 가지 않아도 묻지도 따지지도 않고 대출해주는 도서관으로 향하는 발걸음이 가볍다. 미세먼지 없이 맑은 날, 콧노래가 절로 나온다. 도서관 입구 자동문이 쓱 열리고 눈앞에 펼쳐진 책들의 다소곳한 행렬을 보는 순간, 어떤 미지의 평온한 세계로 빨려들어가듯 입장한다.

무질서한 도서관 밖 세상에서는 그토록 원칙을 찾으려 했건만 십진분류법으로 완벽히 정리된 곳에서는 미로에 갇힌 듯 정처 없이 의도적으로 헤맨다. 도서관 미로 안에서는 아리아드네의 실* 따위는 필요하지 않다. 이보

---

* 공주 아리아드네가 미궁에서 길을 잃지 않도록 테세우스에게 건네준 실타래.

다 안전한 미로는 없으니까. 도서관에서 의도적 혼란을 만끽하며 필연 같은 우연을 기대한다. 우연으로 이어진 운명 같은 사랑을 꿈꾸면 위험한 처지니 책만이라도 그러하기를 바라며 활짝 마음의 문을 연다.

만화책『도서관의 주인』에서 어린이 도서관 사서 미코시바도 말하지 않았는가! 우리가 책을 고르는 것이 아니라 책이 우리를 선택하는 것이라고. 이런 마음으로 도서관 책을 바라보면 서가 사이를 빠르게 지나가기 어렵다. 책등 제목을 하나하나 읽으며 천천히 조우해보려 한다. 도서관의 신이 나에게 보내는 신탁처럼 책을 손에 쥘 것이다.

천천히 책장을 위아래 훑다가 다소 두껍고 파란 표지에 쓰인『아이돌을 인문하다』와 눈이 마주쳤다. 예상치 못하게 매력적인 남자와 눈이 마주치듯 몇 초간 응시하다 책을 꺼내들었다. 아이돌을 인문학적으로 생각할 이야기가 얼마나 많기에 624쪽이나 된다는 말인가. 나도 아이돌을 덕질하는 사람으로서 아이돌을 한층 품위있게 해석하는 이야기가 궁금해졌다. 부제는 '문학과 철학으로 읽는 그들의 노래, 우리의 마음'이다. 유명 아이돌의 노랫말을 통해 읽어보는 삶과 사랑에 관한 인문학적 키워드를 담고 있는 구성이다. 한때 작사가가 되고 싶었던 나에게 운명 같은 책이 아닌가. 만약 내가 작사가라면 내 노랫말에 멋들어진 철학적 이론을 제시하며 해석하고 숨은 의미를 발견해준다면 너무 영광스러울 것이다. 우리는 노랫말을 반복적으로 듣다 외운 말로 별 의미 없이 따라 부르지 않는가. 나름 고심하며 작사했을 글을 깊이 있게 들여다볼 수 있을 것 같아 저자와 출판사가 낯설었지만 대출할 손에 쥐었다.

그 책이 나를 선택한 것이 맞나보다. 책이 너무 재미났다. 게다가 한참 후에 그 책을 쓴 저자이자 출판사 대표님과 맞팔을 하게 되었고 아는 작가님이 그 출판사에서 책을 출간하기도 했다.

책을 선택할 때 실패와 우연을 즐기는 편이다. 아무도 대출하지 않는 책이 궁금하고 그런 책을 알 수만 있다면 가장 먼저 읽어보고 싶다. 너무 얇은 책이라서, 표지가 예뻐서, 만듦새가 색달라서, 아주 낡은 책이라서, 표지에 제목이 없어서, 매우 두꺼운 책이라서, 제목이 특이해서, 저자 이력이 독특해서, 처음 보는 출판사 책이라서 이 책 저 책 들추어본다. 읽고 후회할 책을, 인생 책을 '우연히' 만나고 싶다. 알고리즘과 마케팅, 독서광들로부터의 추천을 따르기보다 훨씬 더 주체적인 독서과정이니까. 이제 보니 우연이 필연이 되려면 열정과 용기, 엄청난 의지가 필요하다. 수많은 우연이 있지만 끝없이 우연을 만들려면 더 많이 움직여야 하고 그 많은 우연 중에 필연까지 이어지려면 용기 있는 행동도 더해져야 함을 조금씩 알아간다. 삶의 대부분은 우연일진대 필연 만들기는 내 자유 의지 요소가 꼭 필요하더라.

반복된 우연의 점들이 필연의 선을 그린다. 우연히 읽게 된 책들을 읽어나가다 지금의 나를 필연처럼 마주한다. 미래의 나는 현재의 나에게 말한다. 현재 우연들은 미래의 나를 반드시 만나기 위해 과거의 내가 애쓰다 만난 것이니 의미 없는 우연은 없다고. 미래의 필연을 만나려면 지금의 우연을 소홀히 여기지 말라고.

우연히 좋은 책을 만나기 위해 도서관에 가듯이, 우연히 좋은 글귀를 만나기 위해 매일 책장을 펼치듯이 우연히 좋은 사람을 만나기 위해 더 사람 속에 있다. 결국 필연이란 우연의 확률을 높이려고 시도한 축적된 시간의 결과다. 만나고 헤어지는 수많은 우연한 만남 뒤에 어느새 필연처럼 지금 내 옆에 있는 사람들이 남아 있다. 우연히 읽게 된 수많은 책과 글의 만남 뒤에 어느새 필연처럼 이렇게 생각하는 내가 있다. 이런 긍정의 우연을 사랑하며 책과 우연한 조우를 만드는 '우연의 공간'에 계속 머물 것이다.

가끔 시간을 허비했다 싶은 책을 만나기도 하지만 괜찮다. 사랑에 실패할 때마다 술잔을 함께 기울이던 친구들이 해주었던 흔해 빠진 위로. "야! 남자는 많아." "세상에 반이 남자라고." "사랑은 또다른 사랑으로 잊히는 거야." 책이라고 다를쏘냐? 세상에 깔린 것이 책이고 책은 또다른 책으로 잊힌다. 거지 같은 사랑을, 나와 맞지 않는 책 만나기를 두려워하지 말기를.

나보다 나를 더 잘 아는 '알고리즘 신' 덕분에 나만의 독특한 취향을 만들기 위한 수고로움이 필요 없는 요즘, 우연히 책을 발견하려는 노력이 누군가에게는 시간 아까운 헛수고일지도 모른다. 누군가의 취향이 멋져 보이는 것은 그가 그 취향을 갖기까지 축적한 시행착오의 역사가 보이기 때문이다. 그가 선택한 책이 모두 좋았다는 말보다 읽다 만 책들과 신랄한 비판이 섞인 책의 나열이 이어질 때 그의 책 소개가 재미나고 신뢰가 간다.

파스칼 메르시어가 『리스본행 야간열차』에서 "삶의 진정한 감독은 우연"이라 말한 것처럼 우연을 즐길 줄

아는 자가 삶을 즐긴다. 독서는 책을 선택하는 순간부터 시작이다. 읽다 만 책들도 완독한 책만큼 많아야 한다. 그것은 책 읽기에 실패한 것이 아니며 나의 문해력이 약해서 그런 것도 아니다. 이런저런 음악을 듣다 내 취향이 아닌 음악을 중간에 그만 듣는 것과 같을 뿐이다. 전율이 돋는 도입부를 반복해서 듣듯이 감탄스러운 책의 서문만 읽어도 된다. 그러려면 나만의 플레이리스트를 만들 때처럼 이 책 저 책 자주 많이 마주쳐야 한다. 다수의 취향에 기대기보다 나만의 취향이 만들어지는 과정 그 자체를 즐긴다면 '추천'에 목매지 않게 된다. 비단 그것이 독서 취향 만들기에만 해당하겠는가. 삶의 모든 면이 그러하다.

나는 도서관에 들어서자마자 약간의 도파민이 내 몸에 퍼지고 있음을 느낀다. 집에 빌려놓은 책이 한 권도 없는 오늘 절제 따위는 없다. 엄숙한 도서관에서 세로토닌이 돌면 정신없이 물갈퀴를 파닥이며 우아한 척 움직이는 백조가 된다. 살짝 지루하고 지쳐 보이는 사서의 얼굴을 뒤로하고 신간 도서 코너의 알록달록한 책등에 쓰인 제목들을 빠르게 스캔한다. 어머! 이게 들어왔네, 사서님 센스 있네! 신간도 아닌데 신착 코너에 있는, 며칠

전 출판사 인스타그램 피드에서 보고 빌려봐야지 했던 그 책. 그냥 돌아설 수가 없다. '너를 위해 내가 여기 있는 거야'라는 속삭임에 벌써 손에 두 권이 들려 있다. 그런데 여기 도서관 북 큐레이션 좀 보게, 혹시 그럼 이 책도 있으려나? 검색만 해보자. 이런, 웬일이야! 이 책을 아무도 안 빌려갔네. 이번 아니면 언제 기회가 올지 몰라. 잠깐 사이에 누가 빌려갈까 싶어 빨리 청구 기호를 출력하고 찾아간다. 나를 기다리는 책을 찾아가는 길, 침착하고도 우아한 몸가짐을 유지하며 이렇게 설레어도 되는가 싶게 발걸음을 재촉한다. 등줄기에서 살짝 열기가 올라온다. 침착해, 침착하라고.

다섯 권을 손에 들고도 혹시나 내 눈에 띄고 싶은 책이 있지는 않을까, "언니 여기는 너무 춥고 외로워요"라며 외치는 책이 있지 않을까 서가 사이를 천천히 걸으며 책등을 훑어본다. 바로 아래 칸을 흘깃 보았는데, 역시나 집에 데리고 가야 할 녀석이 있다. 보고 싶었던 책들이 딱딱 눈에 들어오는 날, 이것이 바로 대출의 기쁨이지! 일곱 권을 대출하고 사서에게 지성인의 면모가 담긴 침착하고도 고상한 말투로 마지막 말을 전한다.

"3주로 연장해주세요."

"보물2025호 12층 책탑을 쌓으며 비나이다"

도서관에서 단 한 권만 빌려오는 경우는 없다. 도서관에 갈 때마다 두 권 이상 대출하다보면 책상에 금세 '책탑'이 쌓인다. 오늘은 반납만 하고 와야지 굳게 다짐해도 열람실에 들어가자마자 손에 쥔 한 권. 아무리 눈길을 주지 않으려 해도 마음처럼 독해지지 않는다. 아니, 책 읽고 싶은 감정을 눌러야 하는 것이 맞는가? 이성적으로 이건 아니야 싶다가도 집에 열 권이나 있는데, 언제 읽으려고? 나는 책 읽기를 좋아하는 것이 아니라 그냥 책을 좋아하는 것인지도 모르겠다.

사실 나는 지적 허영심이 넘치는 독서가이면서 상습 연체자이자 게으른 독서가다. '대출 지름신'이 내린 며칠 사이에 '12층 책탑'을 쌓았다. 욕심과 다르게 게으른 독서력으로 과연 이 책들을 기한 내에 읽을 수 있을까 하는 불안과 의심의 눈초리로 책들을 한참 째려본다. 빌려온 책을 쭉 올려놓고 책을 풍족하게 구입한 사람처럼 마음이 든든했다가 반납 날짜가 가까워질수록 대출 이자를 갚아야 하는 사람처럼 초조해진다. (다행히 우리 지역 도서관은 반납 연체료가 없다. 나는 정말 운이 좋다. 럭키비키잖아!)

오래 두고 볼 책이나 두꺼운 책은 일부러 사는 편인데, 이상하게 구입한 책을 더 읽지 않는다. 사놓고 몇 달이고 방치한다. 심지어 책을 사놓고 정작 읽지도 않고 새 책을 다른 사람에게 빌려준 적도 있다. 너무나 사고 싶은 책들이었지만 하루 만에 책이 도착해도 막상 읽지 않는다. 늘 도서관에서 빌린 책에 밀린다. 도서관 책들은 나에게 임시로 머무는 존재다. 반납 날짜까지만 함께할 수 있는 것들이다. 영원히 내 책도 될 수 없다. '필연처럼' 내 눈에 띄어 집어든 책들인데, 읽어주지 않으면 섭섭할 것이다. 나 또한 빌려놓고 읽지 못한 책을 볼 때마다 아쉽고 이 책을 정말 재미나게 읽어줄 다른 대출자에게도 송구스럽다. 읽지도 않을 것 같으면, 이렇게 변심할 것 같으면 반납이나 빨리하면 좋을 텐데 그러지 못할 때가 많다.

구입한 책은 언제든지 읽을 수 있는 무한의 시간에 놓여 있다. 구입할 당시에는 재고가 한정된 물건처럼 빠르게 주문해놓고 깔끔하게 빠진 책 표지와 저자 이력 정도만 보다가 무심하게 책장 한구석에 놓는다. 일단 내 집에 들어온 이상 자기 발로 나갈 수 없는 물건을 둔 주인의 거드름이다. '나중에' 읽어주겠다는 달콤한 약속에 속아 책들 사이에 꽉 낀 채 3년 동안 침묵하고 있는 책들이 저기서 나를 째려보고 있다.

따가운 눈초리를 피해 책탑을 쌓아놓은 책들을 '동시다발적 리딩'을 한다. 도서관에서 책을 여러 권 빌릴 수밖에 없는 이유 중 하나다. 문어발식 독서를 하려면 여러 권이 필요하다. 호기심은 많고 집중력은 짧다. 빨리 이해하는 편이지만 쉽게 싫증을 내는 독서가인 나는 하루에도 여러 권의 책을 본다. 어떤 책은 차례를 보자마자 당장 끌리는 중간 장(章)부터 읽는다. 어느 정도 읽다 보면 그 책이 주는 느낌과 정보에 질려가는데, 그때 다른 책이 보고 싶은 욕구가 밀려온다.

이런 독서 패턴에도 나름의 방법이 있는데, 바로 같은 분야를 겹치지 않게 읽는 것이다. 소설을 동시에 읽지 않는다. 인문사회 분야 하나, 그림책 하나, 시집 하나 식으로 구성한다. 이런 독서방식이 굉장히 신선한 아이디어나 통찰을 준다는 사실을 몸으로 깨닫고 의식해서 더 난장판으로 읽는다. 무의식의 흐름대로 잡힌 책들이 서로 찰떡궁합이 될 때 짜릿한 희열을 느낀다. 특히 상반된 언어의 조합이 만들어지거나, 한 소설에서 느꼈던 주제의식이나 감정을 비문학에서 쓰인 용어로 대체할 수 있게 되거나, 한 사회학 책 주제와 비슷한 내용을 담은 그림책이 연결되는 순간! 나만 혼자 신나고 신비로운 전율을 느낀다. 바로 '책의 교집합'을 찾은 것이다.

수학은 늘 집합까지만 열심히 하다 포기했기에 집합의 개념만 명확히 남아 있는데, 처음부터 교집합이 참 마음에 들었다. 나와 좋아하는 애의 교집합은 무엇일까? 엄마와 아빠의 교집합은 있기는 한 것일까? 이런 문과적 사고로 생각을 해보거나 나와 남편의 교집합 키워드를 헤아려보며(아이뿐이군!) 삶의 모든 구성 간의 교집합이 분명 있으리라 생각한다. 책과 책 사이에서 교집합을 찾아 연결고리를 만들면 세상 모든 책이 거대한 하나의 이야기 안에서 변주되고 있음을 알게 된다. 다 같은 이야기잖아라며 거만을 떠는 대신 이 책은 어떻게 변주시켰을지 기대하고 감탄하며 읽는다. 그러므로 책의 교집합 찾기는 끊임없이 책을 여러 권 동시에 읽게 만드는 나만의 동기부여가 된다.

그러나 서너 권의 책을 저글링하다 마지막 순간까지 모든 책을 손에 쥐고 싶어하는 욕심쟁이 독서가인 나를 강하게 비판하는 이가 나타났다. 르네상스 최초의 인문주의자 프란체스코 페트라르카 님이 소화할 수 없는 양보다 더 많은 것을 먹으면 토하고 아프게 되는 것처럼 책도 그렇다고 호통쳤다. 그는 상상도 못 했겠지. 토하기는커녕 먹방 유튜버들이 얼마나 행복하게 많이 먹는지! 지금은 유튜브와 넷플릭스 시대다. 책이 너무 많아 미쳐버리기 힘든 세상이라 책이 늘 고프다. 그래서 매일 공들여 책탑을 쌓는 것이 아니겠는가.

누구는 읽지도 않은 책을 읽은 것처럼 말하는 방법도 알려주는데, 제발 반납 기한 내에 대출 도서를 모두 읽는 법 좀 누가 알려주었으면 좋겠다. 애초에 불가능한 일을 원하는 것일까. 돈을 좋아하는 사람은 돈이 많을수록 좋듯이 책을 좋아하는 이가 넘치도록 책을 가지려는 것 아니겠는가. 죽기 전까지 그 많은 돈 벌어도 다 쓰지 못하고 죽듯이 나도 다 읽지도 못할 책을 잠시든 영구든 소장하는 것이지. 음, 다시 생각해보니 나는 지극히 자연스러운 욕망대로 행동하는 것 같다.

오늘의 책탑을 째려볼 이유가 없다. 오히려 내일 두 권을 더 쌓아올리고 읽는 삶에 감사해하며 모든 애서가, 출판업자, 작가들의 공덕을 빌겠노라.

“굿즈는 덤이에요”

대출한 책의 책장 사이에 끼워져 있는 무언가를 가끔 발견한다. 소설 주인공 관계도를 그린 메모지(특히 러시아 소설과 한국 대하소설에 등장한다), 책 대출 리스트가 적힌 대출 확인증, 각종 영수증, 은행 순서표 등.

얼마 전 『아무튼, 외국어』를 빌려보았는데, 첫 장을 펴자마자 모 외국어 대학원 수험표가 끼워져 있었다. 화이트 슈트를 입고 짧은 단발에 작은 진주 귀걸이를 하고 환하게 웃고 있는 그는 어린이 테솔 전문가과정을 지원한 것 같다. 이름 석 자와 얼굴 사진까지 있는 이 수험표가 그녀의 임시 책갈피였던 듯하다. 사진을 한참 보며 그녀를 상상해보았다. 시험이나 면접 날 가방 속에 이 책이 있었겠지. 학교에 합격했을까? 도서관에 자주 오나? 한참을 들여다보다 다시 책을 읽어나갔다. 합격했기를 바라며 따뜻한 손길로 수험표를 그대로 책에 끼워놓은 채 반납했다. 두 달쯤 지나 책을 다시 찾아보니 수험표가 그대로 있었다. 마치 이 책의 일부처럼 책과 어울리는 책갈피였다. 마치 책과 함께 딸려온 굿즈(goods) 같다.

만약 책 사이에 끼워놓은 누군가의 책갈피를 빼오면 그것은 도둑질일까? 이를테면 1000원짜리 지폐이거나, 누군가에게 전하지 못한 편지거나, 친구들과 찍은 네 컷 스티커 사진이거나, 본인이 직접 그린 그림으로 만든 책갈피거나, 유명 사진전 굿즈숍에서 산 사진엽서이거나, 외국여행을 가서 샵에서 받아온 것 같은 멋진 디자인의 명함 등. 여기서 딱 하나 내가 슬쩍 빼온 책갈피가 있다. 일본어로 쓰인 가게 명함이었다. 책은 그 책갈피와 어울리는 두꺼운 디자인 책이었다. 어떤 사람이 어쩌다 그 명함을 소지하게 되었고, 어떤 이유로 이 책을 빌려보았을까를 상상하다 검색하니 일본 도쿄에 있는 책방 책거리(chekccori)가 나왔다. 한국 책도 많이 파는 책방이었다. 우연히 발견한 책갈피로 알게 된 책방의 인스타를 폴로(follow)했다. 디자인이 너무 예뻐 한동안 책갈피로 이용하다 나도 어느 책에 꽂아놓은 채 반납했는지 없어졌다. 누군가 또 그 명함을 발견하고 나처럼 그 책방의 존재를 알게 된다면 이 우연의 고리는 어디까지 이어질까.

어떤 작가는 일부러 도서관에 가서 자기가 찍은 풍경 사진을 책 사이에 끼워놓고 온다는 이야기를 들었다. 만약 이런 의외의 책갈피를 발견하는 재미를 선사하고 싶어 그 작가가 이런 행위를 한 것이라면 소박한 예술 행위 같다. 타인에게 새로운 상상을 불러일으키는 작업이고 선물 같은 찰나를 만들어주니까. 어느 대출자가 그 사진을 슬쩍 소유한다고 해도 좋을 것이다. 나도 한번 책 사이에 멋진 글귀를 적은 메모지나 멋진 사진을 끼워놓아볼까. 그런 것들을 검수하며 대수롭지 않은 듯 사서가 빼서 버리지는 않겠지?

온라인 독서모임을 함께하는 회원 한 분이 고등학교 교사여서 모임 선정 도서 『구의 증명』을 학교 도서관에서 빌려보았는데, 그 안에 어떤 학생이 써놓은 한 줄 평이 있다며 보여주었다. 죽은 연인의 몸을 먹는 괴기스러운 사랑을 고등학생은 어떻게 읽었을까. 회원 중 몇몇은 읽기 거북스러울 정도로 힘들었다고 하고, 누군가는 눈물이 날 정도로 슬펐다고 해 엄청 호불호가 갈리는 책이었는데 말이다.

사람은 자신의 세계를 넓혀준 사람을 잊지 못한다라는 말을 들어본 적이 있다. 나는 이 얘기에 꽤 많이 공감했다. 또 세상에 존재하는 대부분의 사랑이 저 말에 어울리게 이루어져 있다고 생각한다. 그런데 담이와 구의 모습을 보면 두 사람은 서로가 서로의 세상인 것처럼 느껴진다. 두 사람이 한 건 사랑이다. 남성과 여성, 혹은 사람과 사람 간의 사랑이 아닌 오로지 서로만을 위한 사랑. 이 책은 사랑을 말하고 있다. 흔히 얘기하는 사랑은 아니기 때문에 한 번은 읽어봤으면 한다.

자신의 글에 이름 한 자 남기지 않고 진심어린 감상을 남겨둔 도서관 이용자이자 독서가에게 감사했다. 울며 이 책을 읽은 한 사람으로서 이 글에 공감했다. 이런 감상을 남기는 이가 고등학생일지는 몰랐는데, 우리는 수십 년 나이 차이가 나지만 같은 책을 읽고 비슷한 생각을 한 독자 무리에 속해 있다. 남녀노소 불문하고 같은 책을 읽은 독서가들의 보이지 않는 연결을 만든 이 한 줄평 같은 흔적은 내가 늘 발견하고 싶은 도서관 책갈피다.

어느 날 인스타에서 책갈피로 썼던 물건들이 무엇이냐는 질문을 던진 게시물을 보았다. 거기에 단 댓글 중에 머리카락을 보았다. 부끄러워 절대 내 입으로 내뱉지 못했던 '머리카락 책갈피'. 역시 나는 이상한 사람이 아니었다. 정말 그렇게까지 책갈피가 궁했냐고 묻겠지만 정말 그랬다. 자주 애용하던 카페 티슈 한 장도 없고 급하게 책을 덮어야 할 때 무심코 머리를 매만지다 떨어진 머리카락을 끼워놓은 것이다. 그냥 모서리를 접으면 되지 않느냐고?! 나는 도서관 책은 접지 않는다. 여백에 글을 쓰거나 밑줄을 긋는 것보다 책의 모서리 귀를 온통 접어놓는 자가 싫다. 심지어 페이지의 반을 접은 인간들은 참을 수가 없다. 자국은 없앨 수가 없지 않은가. 그리고 접어놓은 어느 문장이 좋은지도 자세히 알기 힘들고 왜 접어놓았는지 이유도 명확하지 않다. 다음에 읽는 독자에게 어떤 흥미로운 정보도 명징하게 전달해주지 않은 이기주의자 같으니라고. 흔적을 남기려거든 흔적의 정당성이 보일 수 있게 나를 설득시켜달란 말이다.

언젠가 M 도서관에 갔다가 봉사활동시간을 채우러 온 학생들이 지우개로 책에 밑줄 친 부분을 열심히 지우고 있는 모습을 보았다. 나와 친한 사서는 이렇게 밑줄 친 책을 볼 때마다 얼마나 책이 재미있고 집중했으면 자기 책인 줄 착각하고 그랬을까라는 생각을 한단다. 전직 사서였던 강민선 작가도 『도서관의 말들』에서 비슷한 일화를 썼다. 가장 먼저 책을 읽고 반납했는데, 책 곳곳에 밑줄과 메모가 적혀 있어 전화하니 순간 자신의 책인 줄 알고 그랬단다. 연필로만 썼다면 지우개로 지우면 될 테지만 펜으로 쓴 부분도 많아 결국 희망 도서로 신청한 새 책을 사놓아야 했단다.

놀라운 일이다. 어떻게 책을 읽는 동안 한순간도 도서관 책이라는 사실을 자각하지 못했다는 말인가. 나는 사실 그가 밑줄 친 그 책을 대출하고 싶다. 나는 내가 좋아하는 작가들이 끄적거린 글이나 그림이 담긴 책을 컬렉션이라도 만들어서 판다면 적극 구매할 의사가 있다. 앞에서 이야기했지만 나는 이상한 사람이 아니다. 그런 애서가들이 분명 많을 것, 아니 적지 않으리라 장담한다. 유명 작가님들이여, 그 책을 버리지 마옵소서. 내 경험상 그런 책들은 엄청난 매력을 담고 있다.

한번은 나와 썸을 타던 남자에게 나의 인생 책 중 하나가 『스크루테이프의 편지』라고 말했더니 그 책을 빌려달라고 했다. 선배 악마가 후배 악마에게 어떻게 사람을 악의 구렁텅이에 빠지게 하는지 쓰여 있는 편지라 악에 빠지기 싫은 선한 독자로서 반대로 생각해야 하는 지점들을 여백에 메모를 많이 한 책이었다. C. S. 루이스의 천재성에 감탄하며 읽었다. 그가 그런 내 책을 빌려 읽고 갑자기 나에게 강한 대시를 보인 것은 필히 그 책의 여백에 쓴 나의 '기똥찬 글' 때문이었을 것이다. 이 얼마나 지적인 플러팅 요소인가.

같은 책을 읽은 사람들의 흔적을 싫어하는 사람들도 많을 것이다. 심지어 불쾌하다고 느낄지도 모르겠다. 그런데 나는 어쩐지 그런 흔적이 즐겁다. 이 책을 같이 공유했다는, 연결된 느낌이 든다. 누군가 밑줄 치고 메모한 흔적을 우연히 발견할 때마다 신난다. 나라면 밑줄 치지 않았을 것 같은 곳이라 의아해하며 다시 읽어보기도 하고 날카로운 비판 지점을 메모한 글에 감탄도 하고, '적확한' 단어에 '적'이 오타인 줄 알고 '정'이라 고쳐놓은 것을 보고 잠시 졸렸던 순간 호호 웃기도 한다. 다소 지루한 고전 책에 그어진 빨간 색연필의 강렬한 밑줄이 50쪽을 넘어가자 사라진다. 아이고, 이용자님 소설은 100쪽은 넘겨야 본격적으로 재미있어지는데, 좀더 보시지. 자꾸만 이 흔적들이 말을 걸어오고 응답하게 된다. 도서관의 책들은 책으로 연결된 보이지 않는 독서가를 자꾸만 떠올리게 한다. 이 책의 일부인 것처럼.

,

일요일 낮 도서관

“

그루잠을 잔 일요일, 홀로 남긴 잔상

”

늦잠이 허락되는 주말이 되면 일찍 눈이 떠져도 다시 눈을 감고 그루잠을 반복하다 일어난다. 늦은 점심을 먹은 뒤 대충 세수하고 모자를 쓰고 나간다. 행색이 일요일스럽다. 향수라도 뿌렸어야 했나 싶다가 어차피 책 향기가 나를 감쌀 거야 하는 낭만에 취할 만큼 청쾌한 날이다. 천천히 걸어 20분 거리인 도서관으로 가는 길, 사람들의 옷차림이 참 다양하다.

지나가는 20대 남자는 한여름처럼 반바지에 반팔을 입었고, 한 할머니는 봄처럼 얇은 카디건과 긴바지를 입었고, 나는 가을처럼 청바지에 흰 남방 위 블랙 카디건을 입고 그 위에 무릎까지 오는 긴 브라운 재킷을 입었다. 심지어 어린 여자애는 분홍색 경량 패딩을 걸치고 엄마와 손을 잡고 걸어가고 있었다. 모든 계절이 한 공간에 보이는 날이었다. 그런데도 이상하게 모두 다 별 대수롭지 않게 여기며 스쳐지나간다. 무심하게 다채롭고 무해하게 공존했다. 모든 것이 그러하면 좋겠다고 생각하며 걸었다.

오늘 가는 도서관은 최근에 리모델링을 해서 힙한 분위기가 물씬 풍기는 G 도서관이다. 그래서일까. 최근에 알게 된 두 아름다운 남녀가 알고 보니 이 도서관에서 쪽지를 주고받다 썸을 타는 사이가 되었다고 한다. 지극히 고전적인 방법으로 커피나 한잔하자는 글 밑에 연락처를 쓴 쪽지를 남자는 책 읽고 있는 여자 테이블 위에 올려놓고 나왔다. 남자는 뒤돌아나가며 얼굴이 시뻘게져 속으로 자신의 행동을 패기 넘치는 남자에서 도서관 진상남으로 전락시키며 절대 연락 따위는 오지 않을 것이라 생각했단다. 그런데 남자는 문자를 받았고 그 두 사람은 정말 커피를 마셨다고. 도서관 로맨스는 여전히 진행중이구나. 역시 장소가 중요하다. 오늘 와보니 그럴 만도 한 것이 널찍한 직사각형 우드 테이블에 앉으면 맞은편 책 읽는 사람의 지적인 얼굴이 한층 분위기 있어 보인다. 그 사람의 뒷배경으로는 지성미를 더해줄 책들이 아름답게 정렬되어 꽂혀 있다. 테이블마다 스칸디나비아

스타일의 작고 귀여운 삼색 조명이 놓여 있다. 아, 나는 머리를 감고 왔어야 했는가. 머리도 감지 않은 이용자가 오기에는 조금 고급스럽다.

일요일 낮 도서관에 오는 이들은 대체 어떤 사람들인가. 나는 마감이 얼마 남지 않은 원고를 쓰려고 도서관에 왔다. 점심시간대 주말 카페는 늘 붐비고 요즘 도서관에서는 작은 담요, 무소음 마우스, 저소음 키스킨, 독서대까지 구비해 대여해주니 안 올 수가 없다.

저 앞에 빨간 줄무늬 티셔츠에 멜빵바지를 입고 빨간 머리 앤처럼 양 갈래로 머리를 묶은 여자는 블랙 양장본 책을 읽고 있다. 로베르트 무질의 책인가? 아!『부는 어디서 오는가』라는 책이다. 독자는 정말 정체를 알기 힘들며 다양하다. 독서대에 책을 얹고 어떤 미동도 없이 읽는 탐독가의 영롱한 몰입 상태를 넋 놓고 본다. 도대체 무슨 책을 읽기에 저렇게 집중하는 것일까? 드디어 화장실을 가려는지 읽던 책을 엎어놓고 일어났다. 슬쩍 제목을 본다. 그렇게 누군가의 책을 염탐한다. 진짜 책을 읽는 이들에게 실시간으로 책을 추천받고 있다. 이 열람실에서 읽히는 책들이 모두 재미있을 것만 같다.

테이블 위에 놓인 음료와 과자 종류를 파악하며 연

령과 취향을 추리해본다. 고개를 쳐들고 사람 구경을 하는 이는 나밖에 없다. 도서관에 오는 이들은 늘 나의 호기심 대상이다. 여기에 있는 사람들이 참 멋지다. 닮고 싶은 모습이다. 자신의 삶을 위해 가만히 홀로 몰입하는 지성인의 모습이 아름답다. 책의 여백에 놓인 성찰의 시간을 고요히 즐기는 얼굴에서 구루(guru)의 모습도 엿보인다. 사람들을 바라보면서 느끼는 평온함, '페라차타'* 를 도서관에서 자주 느낀다.

자기애와 과열된 욕망으로 부풀려진 나 자신이 거대해져 옴짝달싹할 수 없을 때가 있다. 어떤 일을 하더라도 의미가 있어야 하고 반드시 결과를 내야만 할 것 같은 부담을 안고 스스로 과도한 집착, 책임과 중압감으로 날카로운 바늘을 만든다. 내가 만든 바늘로 나를 찌르기 직전에 거대한 바다, 높이 솟아오른 산, 드높은 하늘을 본다. 대단한 것을 해보았자 저 자연보다는 위대해질 수 없음을 체감한다. 저기 바다와 하늘 너머로 더 거대하고 무한한 우주가 있다는 사실을 기억해낸다. 그렇게 우주 너머까지 가면 나는 한낱 티끌 같은 존재에 불과해 마음이 평

---

* 마리야 이바시키나, 김지은 옮김, 『당신의 마음에 이름을 붙인다면』, 책읽는곰, 2022.

온해진다. 어차피 사라질 존재라는 것. 어차피 이 세상 수억 명 중 한 명이라는 것. 어차피 작은 원자일 뿐이라는 것. 그러다 이내 책은 읽어서 무엇 하나, 글은 써서 무엇 하나 하는 허무주의적 말과 한숨이 나온다. 살짝 빼내려던 과열된 자기애와 욕망이 금세 납작해진다. 조금은 현실적인 자기애와 욕망의 크기를 되찾기 위해 도서관에 간다. 이렇게 책이 많은데 책을 또 써서 무엇 하나 싶다가도, 이렇게 많이 자기 이야기들을 쓰는데 나 하나 더 쓴다고 무엇이 그렇게 대수인가 싶어진다. 무명 저자의 책을 무심코 꺼내들어 몇 장 읽다가 이내 글이 좋아지면 내 마음은 적정해진다. 그래, 누군가는 쓰고 누군가는 읽고 좋으면 된 것이다.

단 한 명이라도 누군가 내 책을 읽어주면 되는 거지. 그럼 오랜만에 내 책 검색 좀 해볼까? 도서관 앱 '리브로피아'를 열어 절판된 내 첫 책과 두번째 책을 검색해본다. 몇 개 안 되는 '좋아요' 하트. 몇 개 안 되는 리뷰에 쓰인 '보여주기식 내용 같다'느니, '글쎄요' 같은 댓글들. 뭐 이 정도는 악플도 아닌데 괜찮다. 그것보다도 이용자로서는 너무 편하지만 저자로서는 마음 쓰이는 항목이 있으니 바로 '대출 가능'과 '대출중'으로 표시된 항목. 아무도 내 책을 빌려가지 않은 상태가 명확하게 보일 때마다 내 책의 쓸모, 도서관에 대한 미안함 등 여러 생각이 스친다. 독자들은 알까. 어떤 저자가 이런 것도 검색하고 있다는 사실을. 책이 막 출간되고 신간 덕을 볼 때 내 책 네다섯 권 모두 대출중이거나 예약까지 걸려 있는 상태를 보면 얼마나 기분이 째지는지 말이다. 다행히 오늘은 어떤 현명하고 지적인 독자 한 분이 내 책을 대출중이다. 친절하게 명시해놓은 반납 예정일을 보니 빌려간 지 얼마 안 된 모양이다. 부디 책을 읽는 동안 기쁨과 쓸모가 있기를 바라고, 다 읽은 뒤 '좋아요♡'도 눌러주기를 슬쩍 바라본다. 이놈의 '좋아요'가 도서관 앱까지 들어온 씁쓸함도 있지만 익명의 대출자 한 분 덕에 기분 좋게 앱을 닫았다.

앉아 있는 것이 조금 지겨워질 때쯤 집에서 챙겨온 커피와 도넛 하나를 들고 야외 테라스로 나간다. 오렌지빛 노을이 지고 있다. 미지근한 커피와 차가운 도넛을 먹으며 천천히 오늘과 작별인사중인 해를 바라본다. 눈을 깜박일 때마다 잔상으로 빨간 작은 해가 보인다. 해는 이미 산 너머로 사라졌는데, 내 눈에는 아직 해가 남아 있다. 그때마다 눈에 남은 잔상이 싫어 눈을 빠르게 깜박이며 사라지게 했는데, 오늘은 천천히 작은 해를 보낸다. 오늘도 혼자 도서관에 와서 눈에 많은 것을 담고 잔상을 남긴다. 오늘처럼 오롯이 홀로일 때 가장 선명해지는 생각과 감정은 쉽게 사라지지 않고 오랜 잔상으로 남겨질 것이다. 이토록 혼자인 시간이 귀중하다.

존재하기 위해 사라지기, 관내 분실

청구 기호를 보며 더듬더듬 책의 자리를 찾았는데, 책이 없다. 도서관에 자주 가면 한 번쯤 경험하는 순간, 관내 분실.

"찾으시는 책이 관내 분실인가보네요. 제가 다시 찾아보고 연락드리겠습니다."

아무도 모른 채 숨어든 그 책, 그리 유명한 책도 아닌데, 대체 어디로 간 것일까. 열람실 내에서 누군가 읽고 있을지도 모르고 잘못된 자리에 꽂혀 있을지도 모르는 일. 같은 자리에 오랜 시간 박혀 있었을 그 책이 작정하고 골탕 먹이듯 숨바꼭질을 하는 것일까. 매일 같은 자리에 있었을 책도 가끔 탈출하고 싶고 증발하고 싶을 때가 있을지도 모른다는 생각에 괜스레 연민이 생긴다. 사서에게 아니라고, 그냥 고생하지 말고 두라고 말한다. 『존재하기 위해 사라지는 법』이라는 제목답게 그 책이 할 법한 짓이다. 이미 나는 그 책을 읽은 느낌이다.

사람이 책을 피할 수는 있어도 책이 우리를 피할 수 있나? 그럴 수는 없다. 책은 늘 누군가를 기다리는 존재. 관내 분실은 그런 책이 부리는 자신의 존재에 대한 반항 같다. 내 존재를 부인하고 뒤바꾸어보려는 시도. 사라짐으로써 자신의 존재를 부각한다. 나는 그런 관내 분실된 책을 잊을 수 없다. 바로 만날 수 없어 나를 애타게 했다. 너는 나를 기다리기만 하는 줄 알았는데, 이렇게 내 눈앞에서 사라지다니! 밀당을 하는 애인처럼 토라졌다가 더 매달린다. 사서에게는 찾지 말라 말했지만 얼마 후 결국 그 책을 대출하러 다른 도서관에 갔다. 오랜만에 여행을 떠난다고 하니 누군가 여행에 어떤 책을 들고 갈 것이냐고 물었다. "글쎄요"라고 답했는데, 결국 그 책 한 권만 들고 갔다. 지긋지긋했던 일상 세계에서 사라지고자 여행을 떠날 때 읽기 좋은 책이지 않은가.

우리는 사라지지 않으려 애쓴다. 아니, 어쩌면 사라지는 것이 두렵거나 불이익을 당하는 것만 같은 세상에 살고 있는 것이 아닐까. 누군가의 피드 속에서 사라지지 않기 위해, 나라는 존재성을 드러내기 위해 끊임없이 어딘가에 나를 노출하고 있다. 이 시대에서 존재성은 '보여짐'으로 나타난다. 자신의 생존 신고를 피드 안에서 하고 '편집된 피드 안에서 나'로 정의된다. 여행을 멀리 떠나와도 나는 계속 자발적으로 나를 보이고 그들과의 세계 안에서 결코 사라지지 않으려 한다. 그것이 하나의 꾸준함이라는 덕목이 되고 자본시장에 발맞춘 기술이 되어 홍보와 마케팅 전략이 되었다. 내가 돈을 못 버는 것은 그런 덕목이 없기 때문인 것으로 결론나는 이야기들이 계속된다. 맞다. 인정한다. 어차피 글이든 생각이든 물건이든 다른 사람에게 전달하려면 이 모든 것이 필요하다. 스마트폰이 없던 시절로 돌아갈 수는 없는 것이다. 새로운 패러다임에 갖춰야 할 기술이라면 빨리 습득하는 자가 성공할 수밖에 없다.

나도 애를 쓰고 있다. 인스타그램 계정을 그런 수단으로 잘 활용하고 있다. 어느 순간부터 매년 비슷한 폴로수를 유지해도 그것이 어디인가! 하트 수에 연연하지 않는 의연한 태도로 계정을 닫지 않고 꿋꿋하게 하고 있다. 책 홍보와 강의 제안을 받기 위해 첫 책을 내고 시작해서 벌써 7년째 유지하고 있다. 책만 올리지 않고 피부보정이 잔뜩 들어간, 현실과 매우 다른 내 사진이나 허세

가득 멋져 보이는 인생 사진도 올린다. 읽는 책이나 추천할 만한 책들도 올리는데, 가끔 그런 생각이 든다. 보이는 것만이 진짜 행해진 것 같은 느낌. 그러니까 내가 올리지 못한 내 삶의 구석들이나 찍어 올리지 않은 읽은 책들은 보여지지 않음으로써 존재하지도 않은 것 같은 느낌을 받았다. 피드를 보는 나도 누군가를 그렇게 생각할지도 모른다는 마음에 불편함을 느꼈다. 내보이는 이미지 너머의 삶이 분명 있을 텐데도 보이는 이미지 속에서만 타인을 규정하는 마음을 거부하고 싶었다. 이 세계 속에서 잠시 이탈하고 싶어졌다.

이 자발적 노출의 세계에서 사라지고 싶은 충동. 한 달 정도 인스타그램에 어떤 피드도 올리지 않았다. 잠시 의도적으로 앱의 알람을 끄고 들어가지 않았다. 아름다움을 눈앞에 두고 사진을 찍지 않고 내 눈에 담았다. 이 순간을 그 누구도 모른다는 사실, 어딘가에 저장되지 않는다는 사실, 이 순간은 나만 알고 사라진다는 사실에서 나의 감응은 간절함과 진실로 응집된다. 반짝이는 햇살에 살랑살랑 춤추는 나무들의 움직임과 충만한 고요에 홀로 있는 순간, 정보 공유가 선한 행동이라고 말하는 이 세계에서 아무에게도 이 순간을 공유하고 싶지 않은 이기심을 만끽했다. 나 혼자 도서관에 가서 골라온 책을 포근한 침대 위에 앉아 읽는 순간, 온전히 안온한 고독함에 집중한다. 조용히 겹겹이 쌓아올린 시간, 나만 간직했기에 더욱 깊어진 감정, 나의 존재성을 스스로 체감한다.

여행을 떠나듯 한 세계에서 잠시 사라져 다른 세계로 이동하기. 한 세계에서 만들어진 존재성을 다른 세계에서 발견하거나 창조해보기. 자발적으로 사라진다는 것은 이동하는 것이고 또하나의 에너지를 생성하는 일이다. 가끔씩 관내 분실되듯 누군가 원래 위치에서 벗어나 기존 존재성에 저항하고 사라져보며 새로운 자신의 존재성을 만들어나가고 있다. 나는 가끔 존재하기 위해 사라진, SNS 세계에서 보이지 않는 이들이 더 궁금해진다. 오늘 도서관에서도 누군가 고정된 자기 위치를 이탈하고 이곳에서 새로운 자신을 발견하는 경험을 하고 있을 것이다.

“

저항의 공간에 머물기

”

반항하는 인간은 가장 생동하게 살아 있다. 절대적이고 당연한 것들로부터 회의하고 반항함으로써 인간은 인간을 지켜왔다. 저항하는 공간은 그 공간의 필요와 존재의 이유를 스스로 가치 있게 여기며 지켜나가는 곳이다. 반항하는 인간이 있음으로써 인류의 삶에 균형과 발전이 있었던 것처럼 우리에게 저항하는 공간도 있어야 한다. 구시대적 발상과 뒤처진 조치라는 비난을 감수하고서라도 휩쓸려가는 빠른 물살에 허우적대는 사람을 구하기 위해 구명보트를 보내는 역할이 존재해야 한다.

도서관은 순위가 중요한 세상에 저항하는 곳이다. 소비하는 공간으로부터의 도피처다. 끊임없이 무언가를 사라고 유혹하는 작은 스크린과 소비하게 만드는 매끈한 사진들, 여기저기 광고된 책, 요즘 꼭 보아야 하는 책으로부터 자유로울 수 있다. 출간된 지 오래된 책이든, 대출이 전혀 되지 않는 책이든, 막 출간되고 베스트셀러 반열에 오른 책이든 동일한 책장에 꽂혀 있다. 최근에 출간된 베스트셀러 책이 일련의 청구 기호에 따라 가장 아래 칸에 꽂혀 있을 때 역시 모든 책을 공평하게 대하는 도서관답다고 느낀다. 특히 잘 안 팔린 내 책이 눈높이에, 딱 알맞은 칸에 꽂혀 있는 모습을 볼 때는 더욱 그러하다.

인터넷 서점 내 순위로 나열된 책들과 편리한 추천 목록을 그대로 따르는 수동적 독서가에서 벗어나 주체적 독서가로서 도서관의 책들을 살펴본다. 어느새 나는 도서관이 품고 있는 저항의 에너지를 받는다. 대형 출판사 책, 유명 작가들의 책, 광고 배너로 보았던 책 옆의 낯선 책들도 손쉽게 꺼내 훑어본다. 오히려 한 번도 보지 않아 눈에 띈 책의 만듦새, 저자와 출판사를 보다 부제에 끌려 대출한다. 이 책이 어느 한 사람의 눈에 띄어 도서관까지 온 과정을 생각해본다. 모든 책은 두 사람 이상 누군가에게 와닿았을 것이다. 나 같은 무명 저자의 책도 어떤 한 사람의 선택으로 도서관이 구입해주고, 비치해주고, 추천 도서로 올라가기도 한다.

온갖 것을 숫자로 판단하는 세상으로부터 도서관은 저항하려고 애쓴다. 몇몇 작은 서점만 해도 많이 팔린 책 순위를 올린다. 그것을 본 사람들이 순위대로 책 구매를 한다. 한번 매겨진 순위는 잘 바뀌지 않는다. 그렇게 우리는 유명해서 유명해진 유명한 책을 선택한다. 잘 팔리지 않는 책들은 대형 서점에서 몇 달 만에 퇴출되지만 도서관은 단 한 번도 대출되지 않은 책도 몇 년 동안 품고 있다. 단 한 명의 독자가 올 때까지 기다려준다. 심지어 몇 년 동안 한 번도 대출되지 않아 폐기 처분 위기에 놓여 있는 책들만 대출해서 좋은 책을 살리려는 사서들도 있다. 내가 종종 다니는 모 작은 도서관 관장도 도서관 활동가들과 함께 한 번도 대출되지 않은 좋은 책들을 며칠에 걸쳐 자신들의 대출 카드로 대출했다. 한 번도 대출되지 않은 책만 찾아서 함께 읽는 '비대출 도서 독서가 연합'도 있으면 어떨까. 사서들이 골라준 비대출 도서 목록에서 선정해 독서모임을 꾸려도 재미나겠다.

책조차 순위를 매기는 세상으로부터 소외되고 쉽게 잊히는 것들을 지켜내기 위한 도서관의 조용한 저항력을 응원하고 싶다. 오늘 나도 반항하는 독서가가 되어 도서관의 저항에 동참한다. 어려울 것이 없다. 오늘도 도서관에 가는 것이다.

도서관은 누구인지 확인하는 세상으로부터 저항하는 곳이다. 같은 동네에 살아도 아파트에 따라 계급이 나뉘듯 그들만의 공간에 함부로 입장했다가는 침범자가 된다. 어디에 사는지 확인당하는 시대다. 다른 아파트 놀이터에도 들어가지 못하는 이 사회에 기막히지 않으려 도서관에 간다. 적어도 도서관은 어디 사느냐고 묻는 이가 없고 누구든 환영하는 곳이지 않은가. 유토피아적인 절대적 환대의 공간에 가장 가까운 곳은 도서관이 아닐까. 외국 도서관들 중에는 노숙자들이 도서관에 들어오면 샤워실로 안내해주는 사회복지사까지 있다는 글을 어디선가 보았다.

내가 누구인지 끊임없이 설명해야 하고, 존재를 증명해야 하고, 그에 따른 노력에 인정받기 위해 몸부림치는 나날. 가만히 멈추고 마음을 들여다보기 위해 누군가는 명상하고, 여행을 떠나고, 피아노를 치는데, 나는 도서관에 간다. 아무도 나에게 말을 걸지는 않지만 거기에 누군가 나와 비슷한 결의 사람들이 같은 장소에서 같은 행위를 하고 있다. 그저 거기 같이 있음으로써 조용히 위안을 받는다.

책 한 권이 한 그루의 나무로 만들어졌다면 책을 붙들고 있는 저들이 마치 나무 한 그루에 기대어 있는 것 같다. 그래서일까. 책 읽는 사람의 얼굴은 어쩐지 평안해 보인다. 내가 누구인지 증명할 필요와 애쓸 필요 없는 얼굴. 이완된 그들의 얼굴들을 가만히 보고 있노라면 어느새 내 마음도 편안해진다.

모 지역 도서관에서 아이들 영어 그림책 수업 프로그램을 진행하는데, 학부모들이 전화로 반별 레벨을 나누어달라고 민원이 들어왔단다. 도서관에서 레벨 테스트까지 보아야 하는 것일까? 너와 나의 수준을 온갖 것으로 나누려 한다. 나와 같은 수준인지 자꾸만 확인하려 한다. 약간의 차이와 격차도 참아줄 수 없다고 한다. 달라서 좋을 수 있는 것들보다 같아서 좋은 것들만 보려 한다. 그러므로 우리는 서로 마주쳐야만 한다. 다른 서로가 마주할 수 있는 안전한 물리적 공간이 필요하다. 그들에게 어디서 왔는지, 지금 어떤 상태인지 신원을 묻지 않는 공간이 절실하다. 다르지만 함께 머물 수 있음을 감각적으로 느낄 수 있는 공공의 장소가 더 많아져야 한다. 그런 장소를 유지하고 더 많아지기를 원한다면 그곳으로 우리가 더 자주 가야 한다. 장소는 사람이 만들어가기에 사람이 오지 않으면 존재할 수 없다. 내가 아는 작은 도서관 하나가 내년에 폐관한다는 소리가 들려온다. 인구가 줄고, 독서 인구도 줄고, 점차 도서관도 줄 것이다.

미국의 비평가이자 작가 비비언 고닉은 거리에서는 아무도 지켜보지 않지만 모두가 공연을 한다고 말했다. 우리 모두 공연자이며 관객이다. 서로의 위치를 바꾸어가며 위로받고 배우며 물든다. 그렇기에 우리는 가상 세계의 시간을 줄여 거리로 나와 어디론가 걸어가 나와 다른 사람들과 스치고, 얼굴을 흘깃 보고, 미소 짓고, 같은 공간에 머물러 보면서 서로의 연결성을 느껴야 한다.

도보로 40분 거리인 H 도서관으로 걸어가는 길. 텅 빈 가방을 메고 낙엽이 수북이 쌓인 거리를 걷다가 여러 사람을 지나친다—그중 무엇이 긴급하기에 저리도 힘차게 뛰어가는지 모를 청년의 활기찬 얼굴에서 그 일이 설레는 일일 수도 있겠다 싶었다. 도서관에 도착했다. 2층 계단을 걸어올라가 열람실로 들어섰다. 수많은 책과 다양한 사람이 한데 모여 있는 광경이 새삼 달라 보인다. 저들이 이 공간을 지켜나가고 있다. 오늘 나도 반항하는 한 명의 독서가로서 저항하는 도서관에 머문다.

도서관에서 평생을

늘 시간에게 지는 기분이 든다. 시간을 매일, 매 순간 느끼지 못하고 늘 뒤늦게 알아챈다. 벌써 한 시간이 지났네. 시간이 어떻게 흐르는가. 라면을 끓일 때나 시간을 또렷이 감각할 뿐, 시간의 흐름을 잘 느끼지 못한 채 매번 시간이 너무 빠르다고 한탄한다. 마음도 어찌 흘러가는지 모르고 허물어진 감정만 남은 채 집 앞에 도착했다. 아파트 현관 앞에 심긴 커다란 은목서의 작고 하얀 꽃의 향내가 풍겨왔다. 저 작은 꽃향기가 만 리까지 퍼진다고 하여 만리향이라고 불리지 않는가. 거리는 직감적으로 알겠다. 시간과 공간의 감각에서 시간은 늘 뒤처진다. 지금 이 순간 시간을 느끼기 어렵다. 그러다 어둑해진 흐린 하늘을 올려다보았는데, 그렇게나 빨리 지나가는 구름은 처음 보았다. 구름이 화면 배속을 열 배속으로 해놓은 것처럼 재빨리 지나갔다. 하늘 아래 세상은 정지되어 있는데, 하늘만 시간이 흘러가고 있는 것 같았다. 그때 시간이 엄청나게 흘러가고 있음을 또렷하게 보았다. 문득 달을 보며 소원을 빌듯이 무슨 다짐과 소원이 뒤섞인 말이 떠올랐다. '진짜 쓰고 싶은 글을 쓸 거야.' (쓰고 보니 내가 작가 하루키가 야구 보러 갔다가 붕 떠 지나가는 야구공을 보며 소설가가 되겠다고 마음먹은 순간을 따라 한 것처럼 보인다. 절대 아닌데…… 정말 아니다…… 아닐까? 이놈의 무의식의 짓거리라면 할말은 없다만.)

시간이 가고 있음을 알게 된 순간, 자신이 정말 간절히 원하는 것이 무엇인지 알게 되는 것일까. 어쩌면 우리가 유한한 존재임을 잊고 사는 것은 이 시간이 지나가고 있음을 느끼지 못해서일지도 모른다. 얼마나 빠르게 시간이 사라지고 있는지 보게 된 순간, 간절히 하고 싶은 일이 선명해졌다. 도서관이 내 삶에 얼마나 큰 의미와 감사의 장소인지 쓰고 싶었던 것이 벌써 5년 전이다. 기록을 보니 정확히 2019년에 이 책의 '화요일 밤의 도서관'을 밤에 혼자서 도서관에 간 날 썼다. 이야기가 차올라 나의 언어로 내뱉어지기까지 시간이 꽤 걸렸다. 그래도 끝까지 썼다. 쓰는 내내 도서관을 생각했으니 그곳이 어디든 도서관에 있는 것만 같았다.

하루에 세 번이나 다른 도서관을 방문한 날도 있었고 매일 도서관에 가게 된 일주일도 있었다. 한동안 도서관을 가지 않았던 시절도 있었다. 그래도 늘 그곳에 가면 좋지 않은 날이 없었다. 도서관에서 책 읽으며 특별한 어른이 되기를 꿈꾸었다. 살기 싫어질 때마다 어두운 서고 안에 숨어들어 울었다. 사랑했던 이와 도서관에 함께 가기를 좋아했다. 그곳에서 가장 설레는 물건, 책을 마음껏 매만졌다. 지나고 보니 책을 읽고 도서관에 다닐 수 있었던 삶이 얼마나 감사한지 알겠다. 천국이 있다면 거기서도 읽고 쓰는 삶을 살 것 같은데, 이미 나는 천국에서 할 일을 하고 있다. 삶의 쉼표를 책장 넘기는 소리가 들리는 도서관에서 찍었다. 눈을 감으면 떠오르는 이미지가 있다. 머리는 허옇게 셌지만 청바지를 입고 에코백을 든 채 도서관 서고 사이를 천천히 거닐고 있다. 죽을 때까지 마르지 않는 호기심을 책으로 충족하며 날마다 도서관에 다니는 나이든 나의 모습. 불행한 얼굴도, 환희에 찬 얼굴도 아니다. 비장한 얼굴도, 활기찬 얼굴도 아니다. 오랜 시간 그 장소에 드나든 단골손님이 가질 법한 얼굴을 하고 책을 훑는 모습이다.

알베르토 망구엘은 『밤의 도서관』을 다 쓰고 마지막으로 자신이 구해야 할 것이 있다면 바로 위안이라는 말을 한다. 누구로부터의 위안인 것일까? 도서관에 대한 글을 쓰면서 위안을 받았다는 의미일까? 처음에는 그 말이 무슨 의미인지 잘 와닿지 않았는데, 이번 글을 쓰면서 알게 되었다. 내 삶에 도서관이 있었다는 따뜻한 위안이자 도서관이 인류와 함께 영원할 것이라는 확신의 위안을 말이다. 감히 나도 그 위안을 구해본다.

날마다, 도서관
도서관에서 보내는 일주일

초판 1쇄 인쇄 2025년 4월 2일
초판 1쇄 발행 2025년 4월 12일

지은이 강원임

편집 박민영 정소리 | 디자인 윤종윤 이주영 | 마케팅 김선진 김다정
브랜딩 함유지 박민재 김희숙 이송이 박다솔 조다현 김하연 이준희
저작권 박지영 형소진 오서영 조경은
제작 강신은 김동욱 이순호 | 제작처 천광인쇄사

펴낸곳 (주)교유당 | 펴낸이 신정민
출판등록 2019년 5월 24일 제406-2019-000052호

주소 10881 경기도 파주시 회동길 210
전화 031.955.8891(마케팅) | 031.955.2692(편집) | 031.955.8855(팩스)
전자우편 gyoyudang@munhak.com

www.gyoyudang.com
인스타그램 @thinkgoods | 트위터 @think_paper | 페이스북 @thinkgoods

ISBN 979-11-94523-28-4 03810

* 싱긋은 (주)교유당의 교양 브랜드입니다.